Mamadou Samba Sow
Siba Toupouvogui
Ousmane Camara

Univers de l'école guinéenne

Mamadou Samba Sow
Siba Toupouvogui
Ousmane Camara

Univers de l'école guinéenne

Un produit du journal La Plume Plus

Bloggingbooks

Impressum / Mentions légales

Bibliografische Information der Deutschen Nationalbibliothek: Die Deutsche Nationalbibliothek verzeichnet diese Publikation in der Deutschen Nationalbibliografie; detaillierte bibliografische Daten sind im Internet über http://dnb.d-nb.de abrufbar.
Alle in diesem Buch genannten Marken und Produktnamen unterliegen warenzeichen-, marken- oder patentrechtlichem Schutz bzw. sind Warenzeichen oder eingetragene Warenzeichen der jeweiligen Inhaber. Die Wiedergabe von Marken, Produktnamen, Gebrauchsnamen, Handelsnamen, Warenbezeichnungen u.s.w. in diesem Werk berechtigt auch ohne besondere Kennzeichnung nicht zu der Annahme, dass solche Namen im Sinne der Warenzeichen- und Markenschutzgesetzgebung als frei zu betrachten wären und daher von jedermann benutzt werden dürften.

Information bibliographique publiée par la Deutsche Nationalbibliothek: La Deutsche Nationalbibliothek inscrit cette publication à la Deutsche Nationalbibliografie; des données bibliographiques détaillées sont disponibles sur internet à l'adresse http://dnb.d-nb.de.
Toutes marques et noms de produits mentionnés dans ce livre demeurent sous la protection des marques, des marques déposées et des brevets, et sont des marques ou des marques déposées de leurs détenteurs respectifs. L'utilisation des marques, noms de produits, noms communs, noms commerciaux, descriptions de produits, etc, même sans qu'ils soient mentionnés de façon particulière dans ce livre ne signifie en aucune façon que ces noms peuvent être utilisés sans restriction à l'égard de la législation pour la protection des marques et des marques déposées et pourraient donc être utilisés par quiconque.

Coverbild / Photo de couverture: www.ingimage.com

Verlag / Editeur:
Bloggingbooks
ist ein Imprint der / est une marque déposée de
OmniScriptum GmbH & Co. KG
Heinrich-Böcking-Str. 6-8, 66121 Saarbrücken, Deutschland / Germany
Email: info@bloggingbooks.de

Herstellung: siehe letzte Seite /
Impression: voir la dernière page
ISBN: 978-3-8417-7430-9

Table des matières

Marche de l'opposition
Comme Amadou Tèla Bah, des élèves se font massacrer

Le jeune Amadou Tèla Bah âgé de 22 ans était élève en 12eme sciences sociales au lycée de Kipé. Il a fait une partie de ses études primaires à Almamya (Kaloum) et à l'école primaire Ratoma Kolimodou avant de se retrouver au collège de Kipé. Il a perdu la vie le 27 février 2013, jour de la marche de l'opposition. Tèla est l'avant dernier de sa famille. Le défunt était fils de Mamadou Talibé et Kadiatou Bah. Sur les circonstances de sa disparition, Bah Sidy grand frère de la victime affirme que Tèla est sorti de la maison familiale le 27 février à 17h après avoir pris un plat d'*attiéké*. Il a offert de l'argent aux petits enfants, par la suite il a rejoint comme d'habitude ses amis à Hamdallaye pour faire du thé, raconte Bah Sidy. Il poursuit en affirmant qu'un pick-up de gendarmes ou policiers est arrivée sur place (difficile pour la famille d'avoir une idée claire sur la nature des auteurs du meurtre). Ses quatre amis auraient eu le temps de fuir, ce qui n'a pas été le cas de Tèla.

Amadou Tèla faisait dos. Le temps de courir, ils ont bondit sur lui. Il semble qu'un des gendarmes lui a dit " c'est vous qui faites la marche!", Tèla réplique en disant "regardez comment je suis propre, ceux qui font la marche sont tous sales.'' Toujours selon les explications du frère de la victime, il semble que les gendarmes ou policiers l'aient blessé profondément au bras avec leur baïonnette. Il a perdu assez de sang. Ils ont même touché les veines. La famille de Bah Amadou Tèla, accuse les forces de l'ordre d'avoir pris tout leur temps pour observer leur victime perdre son sang. Lorsqu'ils ont compris que c'était trop tard, ils ont pris la fuite, précise notre interlocuteur.

On raconte que peu après, les amis de Tèla sont sortis de leur cachette, ils ont attaché son bras. Ils l'ont transporté à l'hôpital. Tèla a rendu l'âme à Jean Paul 2. Le vendredi 8 mars, 9 corps dont celui d'Amadou Tèla Bah ont été inhumés au cimetière de Bambéto.

Nous avons rendu une visite à la famille éplorée à Hafia dans la commune de Dixinn. Nous avons trouvés dans une maison située au bord des rails, des personnes simples avec le père et la mère de la victime. Les sœurs de Tèla malgré l'émotion nous ont montré les photos de leur frère. Fatoumata Binta Bah, raconte les derniers échanges qu'elle a eu avec son défunt frère ''A l'hôpital, il a demandé à un médecin de lui prêter un téléphone. Il m'a appelé pour me dire qu'il a été blessé, de le rejoindre à Jean Paul 2. Nous avons communiqué longuement. Une fois sur place, il avait été admis aux urgences. Mais soudain, j'ai entendu les docteurs dirent qu'il est mort. J'ai alors forcé la situation pour voir mon frère. ''

Sur la question de savoir si la famille a reçu un soutien moral ou financier des autorités gouvernementales ou des leaders politiques, M. Bah Sidy répond: " Nous n'avons pas vu d'abord les autorités de la mouvance ou de l'opposition. Avant l'inhumation, Elhadj Cellou (NDLR: leader de l'UFDG) venait pratiquement presque tous les deux jours. Mais après, il n'y a plus eu de visite d'une quelconque autorité."

Comment la famille compte gérer la suite de cette affaire ? En fataliste, le frère de la victime se remet à la volonté divine. S'il y a plainte à porter, c'est aux organisateurs de le faire selon Sidy Bah. Il a cependant invité le ministère des droits de l'Homme à jouer son rôle. Toutes fois, Bah Sidy avoue que le guinéen ne connait pas son droit. Il s'est aussi interrogé sur les agissements des forces de l'ordre qui s'attaquent à la population. Pourtant, avec une forte émotion, M. Bah rappelle que c'est les citoyens qui contribuent à la formation et au paiement des forces de sécurité.

4

Mohamed Diallo, ami d'un des frères de Tèla, a reconnu que le jeune n'avait aucun problème et avait du respect pour les aînés. Au lycée de Kipé où étudiait Amadou Tèla Bah, les responsables nous ont signifié qu'ils n'étaient pas au courant du décès de leur élève. Ils soutiennent que la famille n'a pas informé l'école. Après vérification, les dirigeants du lycée de Kipé nous ont fait savoir que le nom de la victime ne se trouve dans aucun registre.

La mort de Bah Amadou Tèla, ainsi que celle de 5 autres élèves et étudiants dans les troubles politiques relance la brutalité des forces de l'ordre dans la gestion des manifestations.

Les handicapés dans les écoles guinéennes

Nos établissements d'enseignement regorgent d'élèves de différente nature, certains sont handicapés, d'autres jouissent de tous leurs membres. Mais la catégorie des handicapés qui est constituée de personnes souvent fragiles en raison de leur état ne fait pas l'objet d'attention particulière de la part des décideurs. La récente grève des élèves sourds-muets de Boulbinet, le 10 décembre en est une parfaite illustration. Pourtant, la convention d'orientation sur l'ensemble des exercices corporels visant l'amélioration des qualités physiques en date du 10 juillet 1989 précise que l'intégration scolaire des élèves ayant un handicap est à favoriser. Les objectifs d'intégration sociale et d'épanouissement de la personne et le soutien à l'accueil en milieu scolaire ordinaire sont fortement recommandés. Aïssatou Makka Diallo est l'une de ces élèves handicapées.

Cette jeune fille vit sans ses deux bras depuis sa naissance, élève de la 10eme année au groupe scolaire Yamassafou Bah, elle fait toutes ses activités avec ses pieds. Aïssatou Makka les utilise pour tresser, très étonnant vont dire certains, mais le plus mystérieux est qu'elle écrit avec les pieds comme toute personne qui le fait avec les mains, la lessive aussi. Mais l'handicap dont elle est victime ne l'empêche pas de suivre les cours, puisque mademoiselle Diallo n'a redoublé que la 2eme année et cela à cause d'un problème de famille. Maintenant âgée de 17 ans, elle fait là le dernier cycle du collège. Notons aussi qu'elle est appréciée et respectée par tout le monde, car couvrir les handicapés de notre attention est un signe de réconfort moral pour eux. Comme jeune fille, elle doit jouir de tous les droits, sans aucune restriction du fait de son handicap. Des dispositions spécifiques doivent être prises en faveur de ces personnes, parce qu'une loi politique a été adoptée sur le plan international en date du 30 juin 1975 dite '' Loi d'orientation en faveur des personnes handicapées''. Cependant, en Guinée l'on est tenté de dire que dans ce sens, il reste beaucoup à faire. La situation est très grave, rien qu'en regardant les rues de Conakry, on se rend compte qu'ici, être handicapé est synonyme de mendicité. Appel est donc lancé aux autorités pour que des mesures urgentes soient prises en faveur de ces personnes.

Kouroussa
Les élèves abandonnent les cours pour chercher de l'or

Décidemment les guinéens ne manquent pas de solutions lorsqu'il s'agit de combattre la misère. Et pour cause, des (collégiens) de la ville de Kouroussa dans l'extrême nord-est du pays, ont depuis quelque temps décidé de quitter les bancs pour les mines d'or du coin.

Ces apprentis chercheurs sont attirés par l'odeur très forte du métal jaune dont une nouvelle mine vient d'être découverte dans le secteur. Et comme dans pareille occasion, la nouvelle s'est répandue comme une traînée de poudre. Personne ne voulant se faire compter l'évènement les classes ont tout simplement été vidées de leur contenu.

La situation a viré au rouge à tel enseigne que le directeur préfectoral de l'éducation est monté au créneau. Mohamed Lamine Touré, s'est vu obligé d'entreprendre une tournée de sensibilisation auprès des élèves. Joint au téléphone par nos confrères de la RTG, il a affirmé avoir dissuadé les élèves : '' *je leur ai fait comprendre qu'on peut faire dix ans dans une mine sans trouver son compte. Mais à l'école, on apprendra toujours quelque chose.*''

Plus loin, il dira qu'un tel acte n'est pas digne de Kouroussa. M. Touré a également promis de saisir son département pour faire face à la crise d'enseignants que connaît Kouroussa. La ruée vers l'or ne concerne pas que Kouroussa, les autres élèves des zones aurifères et minières s'adonneraient à des activités similaires. Contacté par notre rédaction, un étudiant en séjour au Bouré (Siguiri) une des villes aurifères, nous a laissé entendre que les mêmes causes produisent les mêmes effets ailleurs. Mamadi Terna Kamissoko 4ᵉ année journalisme à Mercure : '' *ici aussi à Siguiri la plupart des élèves abandonnent les cours au profit de l'or*''.

En tout cas, l'or ne perd pas sa valeur. A la banque centrale, Monsieur Aliou de la direction des changes nous a affirmé que l'institution financière guinéenne ne vend plus d'or depuis au moins un an. Il dit ne pas connaître le prix en cours. Pourtant, il a eu la gentillesse de nous diriger vers le laboratoire de la BCRG. Là, nous avons pu rencontrer un certain Moustapha. Lui nous a donné une piste. Le prix d'un gramme d'or sur le marché parallèle varie de 180 à 190.000fg. A noter que le cours varie au fil des heures suivant celui pratiqué sur le marché de Londres, de quoi aiguiser les appétits. Entre donc la valeur élevée du métal jaune et la misère à l'école, il faut bien faire un choix.

Mamadou Samba Sow

Donka
Des élèves sèment la panique à l'hôpital

Le 26 février, le centre hospitalo-universitaire de Donka a reçu la visite surprise d'un groupe d'élève du lycée de Donka. Ils ont tenu à exprimer leur colère suite à la mort de Moussa Mara élève en classe de 11ème année SM2 dudit lycée. Selon nos sources, le jeune aurait eu un choc violent au niveau des côtes lors d'un match de gala, organisé en l'honneur d'un professeur du collège 2 de Donka, décédé récemment. Les manifestants ont sur leur passage cassé des vitres de véhicules et bloqué la circulation entre Dixinn et Donka. Un élève qui a gardé l'anonymat, explique le motif de ce soulèvement '' *on manifeste parque notre ami était parti à l'hôpital blessé et il manquait du sang. Pour lui faire une transfusion sanguine, les médecins ont demandé une somme de deux millions cinq cent mille francs guinéens, la famille ne pouvait pas payer ça. C'est en discutant le prix que notre camarade a rendu l'âme.''*

Aboubacar Kourouma oncle du défunt réfute cette thèse et accuse les enseignants du lycée d'être à la base du mouvement. '' *Le petit n'est pas mort pour un problème d'argent ni de sang. Il a subi l'intervention chirurgicale. On a reçu les enseignants de Donka chez nous, c'est eux qui sont partis intoxiquer les enfants soi-disant que le jeune est décédé par manque de sang. Si c'était du sang, nous on est nombreux ici et on n'a pas besoin d'aller au lycée pour demander du sang. Il ne faudrait pas qu'on prend cela pour un problème politique.''*

De son côté, Abdoulaye Diallo proviseur du lycée de Donka dit être surpris par l'attitude des élèves et regrette l'attaque contre l'hôpital. ' *'Après la collecte d'argent, les élèves devaient bouger pour la famille mortuaire mais, avant qu'ils ne partent, j'ai cherché à les conseiller. Je leur ai demandé d'observer la discipline du lycée de Donka. Je ne voudrais pas qu'on vienne me dire qu'un élève de mon établissement* s'est mal comporté dans la rue. Ils m'ont promis de rester tranquilles, qu'il n'y aura pas de problème. 50 minutes environ, c'est un groupe d'élèves qui vient avec des projectiles pour demander aux élèves de descendre. Ils ont commencé à jeter des pierres, on a cherché à canaliser la situation, malgré tous les efforts fourni, certains se sont retrouvés au carrefour de Donka et on m'appelé pour dire que ces élèves ont attaqués le CHU de Donka. C'est vraiment regrettable.''

L'irruption de ces manifestants a créé la panique générale à l'hôpital Donka. Sur les lieux, des vitres ont été cassées, le personnel offensé et plusieurs blessés dont 2 cas graves ont été enregistrés. Professeur Billo Diallo chirurgien dudit hôpital apporte des précisions sur le décès de l'élève. '' *Le jeune est resté à la maison 5 jours environ avec sa blessure avant de venir à l'hôpital et quand on l'a reçu, il n'y avait pas de signe alarmant, seulement la contraction du membre inférieur. La veille on a décidé de l'opérer parce que la température montait, ça évacuait un petit pue donc ça s'était déjà infecté. Je pense qu'il est mort de septicémie.*'' La Directrice générale de l'hôpital, Docteur Fatou Siké Camara parle d'une somme de cinq cent quarante mille francs guinéens comme frais en vigueur et cela conformément au règlement de l'hôpital.

C'est cette somme qui devait être payée pour l'intervention. Il a fallu l'intervention du Ministre de la santé et le chef de cabinet du ministère de l'enseignement pré-universitaire pour maitriser les élèves. Colonel Rémy Lamah, chef du département de la santé, qualifie ce mouvement de contestation des élèves de manipulation. '' *C'est inadmissible que les enfants quittent l'école pour venir casser des vitres de l'hôpital et blesser le personnel, la raison qu'ils évoquent n'est nullement pas fondée. Ça veut dire qu'il y a une manipulation.*'' Le lendemain les émeutes ont encore repris, cette fois-ci les élèves demandaient la libération de leurs camarades arrêtés à la veille par les forces de l'ordre. Yakhouba Dabo élève dudit lycée '' *on exige la libération de tous nos amis arrêtés et emprisonnés par la police, tant qu'ils ne seront pas relâchés,* il n'y aura pas de cours.'' Contrairement à son collègue de la santé, Dr Ibrahima Kourouma ministre de l'enseignement pré-universitaire a été prudent. '' *Je ne vais pas aller vite en besogne, il y a une situation qui a existé, nous calmons la situation, fort heureusement, les choses ne sont pas encore dans les normes. Manipulation ou pas, le plus important pour nous est que l'école reprenne et que les enfants viennent à l'école et les cours se donnent de façon normale.*'' Ensuite, le ministre Kourouma et sa suite se sont rendus dans la famille du jeune élève décédé pour présenter leur condoléance.

Camara Ousmane Tigaul

Mali Yembering

Un lycéen dépouille un groupe de touristes

Yacine Souaré, élève de la terminale science sociale au lycée de Mali a dérobé une importante somme d'argent en devise appartenant à un groupe de touristes en séjour dans cette préfecture. Les étrangers, ont débarqué à Mali à la mi-janvier à bord d'une trentaine de véhicules. L'élève qui servait de guide aux touristes a profité de leur inattention pour enlever le petit sac dans lequel se trouvaient 5 mille euros, 4 mille dollars et d'autres monnaies du Maghreb (Maroc et Mauritanie). L'acte s'est passé le 7 février sous les pieds du Mt Loura. Notre informateur soutient que Yacine Souaré a réussi à prendre la poudre d'escampette avec plusieurs autres documents appartenant aux mêmes touristes. La gendarmerie territoriale de Mali annonce l'ouverture d'une enquête.

Sally Bilaly Sow L1 Miage Ahmadou Dieng campus de Labé

Lycée/collège de Koïn
Chute des effectifs

Alors qu'on parle d'éducation universelle pour tous, à Koïn, une sous-préfecture située à 42 km de Tougué, dans le nord de la Guinée, les élèves quittent leur école pour des raisons diverses.

Entre 2011 et 2012, il y avait 414 élèves au lycée/collège de Koïn. Mais nous avons vu nos effectifs tomber, déclare Moussa Keita, proviseur de ce lycée public. A ce jour, la population scolaire est de 228 élèves dont 88 filles selon M. Keita. Sur les raisons de cette régression, le proviseur pointe du doigt les mariages précoces des filles, l'abandon de l'école par les enfants défavorisés en raison de la distance entre l'établissement et leurs domiciles. D'autres parents nantis envoient leurs gosses poursuivre les cours dans des écoles privés dans les centres urbains, explique le proviseur.

En zone rurale, il y a souvent déficit d'enseignants. Au lycée/collège de Koïn, c'est bien le cas. 12 titulaires dont un contractuel d'Etat dispensent les cours sur place. Nous ne sommes pas au nombre suffisant pour enseigner toutes ces matières, se désole Moussa Keita. C'est pourquoi nous avons fait appel à deux contractuels locaux, précise-t-il.

Mais pour cela, il a fallu l'appui de l'Association des Parents d'Elèves et Amis de l'Ecole. Cette structure à aider à négocier le recrutement de 2 contractuels communautaires pour dispenser des cours de math et physique pour certaines classes. Dans ces disciplines, le lycée/collège de Koïn n'a pas de profs titulaires.

Chaque élève paye 10.000fg au compte de la contribution de l'APEAE. Moussa Keita indique qu'il ne sert à rien de faire des calculs d'illusion. Lorsqu'on multiplie 10.000 fg par 228 (nombre d'élèves), la réponse donne 2 millions 280 mille. On peut dire que cette somme peut arranger certaines choses. Mais pour le proviseur, c'est seulement une partie de l'argent qui reste à l'établissement. Les autres sont partagées entre la commune, la préfecture, le sport et la FEGUIPAE (fédération guinéenne des parents d'élèves et amis de l'école). Difficile dans ce cas de faire face aux problèmes de l'école.

Monsieur Keita, lance un appel aux ressortissants de Tougué pour sauver son établissement. Le cri de cœur s'adresse aussi au ministère de l'enseignement pré universitaire.

L'autre problème est l'influence du Pular sur les élèves. Le proviseur reconnait que le français est confronté à de sérieuses difficultés. Le constat a été fait selon lui par un inspecteur (M. Fofana) qui lui a dit que dans son école, les enfants ne parlent pas français. Mais le proviseur refuse d'endosser la responsabilité de cette situation. Aucun professeur ne parle pular en classe, même dans la cour. Malheureusement, pour la plupart des cas, ces enfants-là s'expriment en langue nationale.

Le lycée/collège de Koïn est miné par un manque de manuels, ceux qui existent sont vieux et ne suffisent plus, conclu monsieur Keita.

Source: Abdoul Malipan Baldé, Bonheur FM

Labé, quand le stade Elhadj Saifoulaye devient le refuge des élèves

Le stade régional Elhadj Saifoulaye Diallo est transformé en un lieu de retrouvailles pour certains et de refuge pour d'autres. Souvent réunis en petits groupes, ces élèves ont d'autres sujets de discussion. Des sujets qui n'ont rien à voir avec les leçons dispensées dans les classes. Interrogés, le seul argument placé par les jeunes c'est le manque de professeur dans les classes. Cette thèse est réfutée par un responsable éducatif qui s'exprime en ces termes" ce n'est pas vrai ce qu'ils disent. Si tel est le cas pourquoi ne resteraient-ils pas en classe pour s'exercer davantage sur les leçons déjà vues. Il faut noter que ce stade régional se trouve juste à proximité du collège Thyindel et du Lycée Wouro. En attendant une réaction des autorités, le phénomène prend de l'ampleur.

Sally Bilaly Sow étudiant licence 2 biologie appliquée centre universitaire de Labé

Quelle place pour le Franco Arabe ?

L'enseignement du franco-arabe en Guinée rencontre des difficultés tant sur le plan des infrastructures que de celui du personnel. Les écoles existantes ne répondent presque pas aux normes. Un de nos reporters a rencontré le principal du collège de Simbaya gare II Elhadj Mohamed Fodé Sylla.

Elhadj Sylla est diplômé de l'université internationale d'Afrique de Khartoum (Soudan). Premier principal de ce collège depuis 1997, il présente son école qui compte 9 salles de classes dont 7operationnelles avec un effectif de 1335 élèves dont 294 filles. Une direction, un personnel enseignant de 52 profs dont 12 femmes. Les difficultés du franco-arabe restent principalement celles des infrastructures. Mon école n'a pas été construite pour abriter l'enseignement secondaire. En plus, elle ne répond pas aux normes, explique notre interlocuteur.

Evoquant la contribution parentale (APEAE) il insiste ''l'APEAE ne construit pas, chez nous c'est un problème de construction pas celui de rénovation. C'est quand l'école est bien construite que l'APEAE peut venir en aide pour la rénovation précise t-il''.

Toutes fois, Elhadj Sylla reste optimiste sur l'avenir du franco-arabe : ''le franco-arabe n'est plus une école théologique ou des imams, mais c'est une école d'hommes modernes qui sont capables de tout ».

Il poursuit, '' avant les gens venaient uniquement pour l'amour de l'islam ou pour être imam. Mais, aujourd'hui ce n'est pas le cas, parce que depuis 1977 l'Etat guinéen a accepté de reconnaître l'enseignement arabe et de l'affilier au Système éducatif guinéen. Il va même plus loin: ''le franco-arabe fait de l'élève quelqu'un de dynamique qui peut tout, mais sur le plan positif. Chez nous, on ne parle pas de banditisme, de consommation de la drogue, de la violence.''

Le principal a lancé un appel aux élèves de franco-arabe « je leur dis de se comporter conformément aux vertus de leur formation. La réussite dans la vie dépend du comportement, si l'on a un bon comportement, bien cultivé, on saura ce qu'on fait, quand et comment le faire ? ».

Face à la détérioration de son école, Elhadj Sylla lance un S.O.S''j'appelle toute personne physique ou morale à venir en aide au collège franco-arabe de Simbaya gare2, parce que nous souffrons beaucoup''.

Bah Mamadou Mouctar

Le voile à l'école : La Guinée sur les traces de la France?

« Les orteils des jeunes doivent se poser exactement sur les traces laissées par les anciens « disait ce sage défenseur de la littérature orale africaine Amadou Hampate Ba. La Guinée fidèle à cette philosophie de l'enfant peul a après son ancienne maîtresse la France emboîté le pas à celle-ci concernant l'interdiction du port de voile à l'école. En effet, depuis le 20 février dernier, les autorités du lycée de Kipé ont à leur tour commencé à fermer la porte de l'école aux filles voilées et recommandé aux garçons Mollahs d'arrêter l'élevage des barbes à l'image de Ben Laden histoire d'effacer toute ressemblance de style aux partisans d'Al Qaida. Alpha Amadou Diallo, le surveillant général du lycée Kipé questionné sur l'origine de cette interdiction répond qu'il l'ignore.

A signaler que dans les autres établissements comme le lycée Aviation, les élèves ont cédé depuis longtemps suite aux pressions des encadreurs où le surveillant avait ôté à une fille son voile en plein cours. La victime fut obligée de quitter l'école pour aller continuer ses études au lycée Bill Clinton. C'est dire que cette interdiction n'est pas du tout appréciée par les concernés. La religion musulmane exige à ce que la femme musulmane s'habille ainsi, étant habituée aux normes de l'islam. Ce serait une gêne pour nous de voir l'une des parties de notre corps exposée aux regards avides des hommes et cela peut même empêcher une bonne compréhension des cours en classe disent-elles. Les encadreurs gardent les yeux fermés sur nos camarades qui s'habillent de façon extravagante. C'est paradoxal de constater qu'aux yeux des autorités le voile gêne plus que les sexy, les minijupes, les mèches, lance une fille fière de son hijab.

Beaucoup pensent que les autorités éducatives devraient poursuivre leur correction du mode vestimentaire des élèves afin qu'elle soit radicale et générale. Qu'elles sachent qu'elles ont deux devoirs fondamentaux envers les élèves c'est à dire enseigner et éduquer comme le nom indique « ministère de l'Enseignement Pré-universitaire et de l'éducation civique.

Quand on voit des élèves dans des minijupes, des sexy, des habits plus transparents qu'un filtre, les pantalons attachés au niveau des genoux, chemises déboutonnées, parfois sans tenue, on se demande s'ils ont foulé le sol de l'école parce que sur tout leur corps surgissent des symptômes d'analphabétisme.

Malgré qu'on dise que « le milieu fait l'homme », on remarque que les élèves sierra-léonais vivant en Guinée s'habillent conformément aux normes de leur pays, ils sont toujours correctement habillés en allant à l'école et disciplinés en classe. On se pose la question de savoir entre instruction et séduction qu'est ce qui motive de plus les élèves d'aller à l'école ?

Mamadou Diawo Barry

Massacre de lycéens
Retour sur la journée fatidique du 12 juin 2006

Pour la première fois dans l'histoire de l'école guinéenne, les examens scolaires de fin d'année n'ont pu avoir lieu à la date prévue. C'est la conséquence du boycotte par les enseignants de la surveillance des épreuves, alors que le pays était à son 4eme jour de grève générale déclenchée par l'intersyndical USTG-CNTG. Retour sur une journée dramatique.

La guerre télévisuelle : Plus on s'approchait du 12 plus la tension était forte. Les APEAE, associations de parents d'élèves et amis de l'école et des groupes d'élèves se succèdent à la RTG, radio télévision guinéenne pour appeler au calme et inciter les profs à se présenter dans les centres le jour J. Bref, on fait tout sauf l'essentiel. Les profs durcissent le ton, le gouvernement joue au malin.

Les assurances sans fondement : le nouveau ministre de l'enseignement pré-universitaire Mamadou Bhoye Barry fait face à sa première crise. Pourtant, depuis 48 heures son discours est diffusé à la RTG où il donne en détail les chiffres des examens. Plus grave, Moussa Solano Ministre de l'Administration, s'adresse à l'opinion : « le gouvernement a pris toutes les mesures pour sécuriser les citoyens et les candidats qui pourront vaquer tranquillement à leurs occupations. Quiconque tente de troubler l'ordre public, sera puni par la loi ».

LE lundi chaud : le lundi 12juin donc, on s'attendait au pire. Déjà sur les principales artères de **Conakry** les taxis avaient pris soin de s'évaporer. Les candidats parcourent de longues distances pour rejoindre leurs centres. Signe de la gravité de la situation, tôt le matin, **Keléfa Diallo** le patron par excellence des examens sillonne les écoles flanqué par une forte escorte militaire.

8hTU : les candidats pour la plupart sont dans les centres. Comme prévue les professeurs surveillants brillent par leurs absences. Les présents se comptent sur le bout des doigts.

8h30-9h : grâce aux téléphones portables, les élèves communiquent entres eux et se rendent compte que le gouvernement s'est foutu d'eux.

9h30 : Les élèves maîtres de la rue : sentant la trahison, les élèves prennent la rue. Chantent l'hymne national brandissent le drapeau tricolore. A Kipé, les manifestants entonnent des slogans : '' capitale bougie ! Gouvernement de boubou. Mais aussi on y voyait des banderoles sur lesquels on pouvait lire : ''changement aujourd'hui ou jamais''.

La foule en bleu blanc met le cap sur Kaloum, centre administratif de Conakry. Tout allait pour le mieux des mondes jusqu'au carrefour super BOBO, dans le quartier Camayenne. D'un coup, la police anti- émeute de la CMIS (**C**ompagnie **M**obile d'**I**ntervention et de **S**écurité) appuyée par la BAC (**B**rigade **A**nti **C**riminalité) le BASP (**Ba**taillon **A**utonome de la **S**écurité **P**résidentielle) se mettent à tirer à balles réelles.

Perte en vies humaines : le gouvernement parle de 11 morts dont 2 élèves tués à Labé et N'zérékoré. La presse fait état de 18 tués et 83 blessés. En l'absence de réelles enquêtes de dire avec exactitude le nombre de victimes de cette sauvagerie.

Les dégâts : Les DCE de Ratoma, Dixinn, Matoto, la DPE de Pita, des stations services, des voitures, magasins sont saccagés, des dossiers scolaires sont détruits au lycée de DONKA.

Les condamnations : l'opinion nationale est choquée, celle internationale aussi. Le secrétaire général des Nations-Unies **Kofi Annane, Alpha Oumar KONARE** appellent au calme. Les organisations internationales de défense des droits humains telles que : la FIDH, la RADDHO, HUMAN R. WATCH demandent l'ouverture d'une enquête internationale.

Une fin plutôt que prévue : Alors que la base demandait la poursuite de la grève, les responsables syndicaux décident d'y mettre un terme le vendredi 16 juin à travers une négociation avec le gouvernement.

La merde guinéenne : Aucune enquête ne sera diligentée. Pire, le 16 à la fin de la rencontre syndicats gouvernement, Solano le ministre de l'administration n'aura eu que ces mots à l'endroit des victimes : « Je vous demande d'observer une minute de silence à la mémoire des victimes ». En tout cas sur le fond rien n'aura changé : Le prix d'essence à la pompe n'a pas bougé, celui du sac de riz intacts. Les examens reportés en juillet.

Mamadou Samba SOW

Examens nationaux : Les candidats et les révisions nocturnes

A l'approche des examens nationaux, les candidats redoublent d'ardeur. Ils sont nombreux à prendre d'assaut les rares lieux éclairés de la capitale pour revoir leurs leçons. Les élèves parcourent de longues distances avant de se retrouver dans les stations-services, parkings, à l'aéroport de Conakry, sur l'esplanade du stade du 28 septembre, devant la RTG Koloma et partout où il y a des lampadaires fonctionnels.

Sur les raisons qui les poussent à réviser dans ces endroits, certains évoquent le manque de courant électrique dans les quartiers. Mariama Ciré Bangoura, que nous avons rencontré dans une station de la place précise qu'elle loge au quartier Hamdallaye. Elle explique que depuis quelques mois, l'électricité ne revient pas à 18h comme c'était le cas. Désormais, elle affirme que c'est à 0 heure que le courant marque son retour alors qu'elle dort déjà.

Dabola Koumbassa, candidat au baccalauréat pour la deuxième fois dit qu'il n'est pas facile de réviser à domicile à cause de multiples dérangements. C'est cette situation qui le pousse à se rendre à l'aéroport. Malgré le manque d'électricité, d'autres candidats préfèrent la révision à la maison plutôt que celle de la rue. Mohamed Kourouma '' je trouve qu'il y a du calme la nuit pour réviser à la maison.''

Dans le rang des parents d'élèves, certains sont réticents lorsqu'il est question de laisser les enfants sortir la nuit. Alpha Ibrahima Baldé explique ''à partir de 22 heures, mes enfants n'iront nulle part. Il y a l'insécurité dans tous les quartiers de Conakry sans oublier le taux élevé des accidents de la circulation. Il faut savoir cadrer les enfants, les mettre dans les conditions nécessaires afin qu'ils restent à domicile.''

Conscient des multiples problèmes et dangers liés à cette pratique, Mamadi Kaba appelle à s'investir pour la cause des candidats aux examens ''je dirai au gouvernement de régulariser l'affaire de courant à l'approche des examens pour qu'on puisse apprendre nos leçons la nuit. Nous restons parfois à l'école jusqu'au crépuscule.''

Camara Ousmane Tigaul

Baccalauréat 2014: le ministre de l'enseignement nie la fraude

Le 18 juillet, comme promis, les résultats des examens scolaires ont été rendus public. D'aucuns ont vite parlé de précipitation voir de bâclage des travaux de correction et de secrétariat. En effet, dans les écoles, les candidats ont attendu de longues heures pour être fixés sur leur sort. Il n'y avait point de listes affichées, et l'opérateur de téléphonie choisie pour publier les résultats par SMS a péché en communiquant des résultats erronés (ceux de 2013) aux abonnés. Pour ce qui est des statistiques, pour l'entrée en 7eme année, il y a eu 108 mille 635 admis soit 64,73%. Au brevet d'étude du premier cycle, ils sont 51 mille 669 à décrocher leurs tickets pour le lycée soit 43,45%.

20

Au baccalauréat, les chiffres sont repartis comme suit : en sciences expérimentales, on enregistre 3 mille 719 moyennant soit 33,91%. En sciences mathématiques, 6 mille 384 sont déclarés admis, soit 53,96% et en sciences sociales, 11mille 697 lycéens vont se retrouver à l'université. Ce qui fait un total de 28,45%. Dans l'enseignement franco-arabe, on note 37 admis en sciences expérimentales ce qui fait 43,02% et en sciences sociales, 377 personnes ont passé le cap du lycée, ce qui représente 37,45% d'admis.

Cette année, il a beaucoup été question de fraude lors de ces testes de fin d'année. Pourtant, le ministre de l'enseignement pré-universitaire Ibrahima Kourouma en conférence de presse, le 17 juillet a mis en doute les informations faisant état de fuite de sujets lors des examens 2014. Il a indiqué que s'il y a eu anomalies, les auteurs seront punis. Les services spéciaux dirigés par le colonel Moussa Tiegboro Camara vont s'occuper du dossier.

Macenta: Quand les élèves se moquent d'Ébola

La fièvre hémorragique Ébola a fait plus de 100 morts en Guinée depuis janvier 2014. Mais dans la région forestière, foyer de la maladie, les populations semblent minimiser l'épidémie. A Macenta, Ébola, fait l'objet de moquerie dans les écoles.

Nous sommes à Daro, une sous-préfecture située à 12 kilomètres de la frontière libérienne. Au collège de la localité, Ébola est au centre des discussions. Abdoulaye Keita fait la 9eme année, il souligne que la fièvre virale qui a créé la peur chez les guinéens, est un simple montage des occidentaux qui cherchent à imposer leur culture dans cette partie sud du pays. Pour un des professeurs de physique, Ebola n'existe que dans les esprits et dans les médias.

On s'interroge d'ailleurs sur certaines informations faisant état de manque de vaccin efficace contre Ébola et pourtant, les spécialistes annoncent curieusement qu'il y a des cas de guérison, affirme un autre. Pour se moquer de ce mal qui provient des animaux de brousse, les élèves de Daro n'hésitent pas à se faire appeler Ebola, qui devient un surnom porté par eux.

A la direction préfectorale de Macenta, nous assistons à un débat entre enseignants. Bon nombre d'intervenants soutiennent mordicus qu'il ne s'agit que d'une invention. Toutes fois, un professeur venu de Guéckédou, autre ville affectée par la maladie, annonce que badiner avec Ebola est une grave erreur. Il explique que l'utilisation du chlore et le lavage des mains sont devenues des pratiques régulières dans les établissements scolaires de sa préfecture d'origine.
Madame Toupou Pierrette, directrice préfectorale de l'éducation fait partie des personnes qui estiment qu'il faut faire attention à cette maladie pour éviter sa propagation. Elle a carrément refusé de nous serrer la main par précaution.

L'''Ébola phobie'' qui règne à Macenta s'expliquerait par le manque d'information sur ce phénomène. Il n'y a presque pas de communication, les autorités gardent le mutisme, les citoyens qui n'ont que la radio rurale et les radios étrangères qui émettent sur onde courte se fient aux rumeurs. MSF, médecin sans frontière a distribué récemment des documents dans les écoles mais aussi au reste de la population. L'organisation explique les modes de contamination et les précautions à prendre. Depuis lors, on assiste à un léger changement de mentalité. Cette sensibilisation intervient après le saccage des locaux de l'ONG par des jeunes en colère qui pensent que MSF est responsable de tout le bruit autour d'Ébola. Pour l'instant, officiellement, aucun enseignant, élève, étudiants ou encadreur d'école n'a été touché par le très redouté Ébola.

Ahmed Tidjane LP BAH, professeur d'histoire-géographie au collège de Daro

Éducation pour tous : Plusieurs écoles rénovées

Le département de l'enseignement pré-universitaire a mis en place depuis deux ans, une politique de construction et de rénovation d'infrastructures scolaires. Cette année, 138 salles de classes ont été rénovées dans 8 préfectures sur fonds propres. A Dubréka, l'école élémentaire de Mambo, composée de 6 salles de classes, deux directions et un forage a été entièrement rénovée. Celle de Koumbayah Wassou qui compte 3 salles de classes, deux directions, une toilette et un forage a été aussi réhabilitée.

A Conakry, plusieurs infrastructures scolaires sont en chantier. C'est le cas notamment du collège de la SIG-Madina qui a 24 salles de classes, 2 laboratoires, une salle informatique et 7 bureaux. Il y a aussi le collège de Boulbinet avec ses 12 salles ainsi que de la direction communale de l'éducation de Kaloum.

Autres réalisations à mettre à l'actif des autorités, la construction au centre-ville de Conakry d'un immeuble pour abriter différents bureaux du département de l'enseignement pré-universitaire. Il est prévu prochainement la rénovation des locaux des directions préfectorales et communales de l'éducation du pays selon le ministre Ibrahima KOUROUMA. En outre, grâce au soutien du fonds koweitien, 50 collèges seront construits dans les zones rurales, les prochains mois.

Rayhanatou DIALLO

L'éducation guinéenne et ses tares

A l'aube du 21e siècle, l'éducation est au centre des préoccupations de la plupart des Etats, car comme on le dit :'' il n'y a de richesses que d'hommes''. En Guinée, l'école a pour maux : pléthore, faible niveau, corruption…

En effet, à quoi servirait toutes les richesses du monde s'il n'y pas d'hommes capables de les transformer ou s'en servir à des fins utiles ? Rien, absolument rien car la matière première à l'état brute ne vaut pas grand-chose. Tout le monde reconnaît aujourd'hui que l'école est le pivot de tout développement. C'est pourquoi en Guinée, la question de l'éducation est préoccupante, il y a un travail herculéen encore à faire en la matière. Pourtant, depuis 1984, des progrès certains ont été enregistrés.

Des écoles ont vite poussé grâce au gouvernement, aux bailleurs de fonds et aux communautés locales. Par ailleurs, après la réforme des programmes, l'Etat a procédé au recrutement d'enseignants de façon périodique.

Malheureusement en dépit de tous ces efforts, les écoles sont encore insuffisantes, surtout dans la ville de Conakry et dans certaines villes de province. De même, les établissements existants sont pour la plupart dans un état vétuste.

A ce niveau, le gouvernement semble dans l'incapacité de satisfaire aux besoins croissants en matière d'infrastructures. Par conséquent, les effectifs deviennent de plus en plus pléthoriques, surtout dans les écoles publiques. On rencontre jusqu'à 250 élèves dans une seule salle de classe. Pour avoir de la place assise, il faut souvent se lever très tôt.

En guise d'exemple, il y a le collège de Sangoyah, le lycée Léopold Sédar Senghor de Yimbaya, le lycée de Kipé, certaines universités publiques de la place... *'' Je suis venu à 6h, je n'ai pourtant pas eu de place se plaint-on fréquemment''*. Les enseignants quant à eux, restent souvent confinés dans un endroit jusqu'à la fin des cours sans même avoir où s'asseoir. Tel est le drame de notre système éducatif.

Le second problème de notre école est lié au manque de personnel enseignant qualifié. En effet, malgré les recrutements de ces dernières années, les besoins sont loin d'être résolus. Il y a ainsi de nombreuses écoles à l'intérieur du pays qui ne fonctionnent pas normalement, faute d'enseignants. Tenez, après le recrutement de nombreux enseignants, plusieurs d'entre eux mutés à l'intérieur ont fini par rejoindre Conakry. Paradoxalement, même la capitale n'est pas à l'abri de cette pénurie d'hommes de craie.

Pour combler le vide, le gouvernement a fait appel à des enseignants contractuels qui ont cependant eu du mal à percevoir le fruit de leur travail. C'est le cas de ceux de 2008 et 2009. Peut-on enseigner sans motivation ? C'est la question qu'on pourrait bien se poser.
Le troisième mal qui ronge le système éducatif guinéen est le manque d'équipements : bibliothèques, Internet... les cours sont plus théoriques que pratiques.

Quel type d'hommes peut-on former avec des informations non à jour et fondées sur une simple théorie ? C'est pourquoi élèves et étudiants sont devenus de véritables champions du système ''bois l'eau'' entendez la mémorisation mécanique du cours. Comme on le voit, le système éducatif guinéen est confronté à d'énormes difficultés qui sont toutes prioritaires.

Moussa Kaba, 1ere année sociologie UNIC

Enseignement supérieur
Les faveurs de Macky Sall aux étudiants guinéens

Lors de sa visite à Conakry les 16 et 17 décembre 2012à Conakry, le président Macky Sall, a déclaré que les étudiants guinéens vivant dans son pays bénéficieront désormais des mêmes avantages offerts à leurs amis sénégalais. M. Sall est revenu sur l'entretien qu'il a eu avec son homologue Alpha Condé ''Nous avons évoqués des sujets de très grande importance de notre coopération bilatérale. Lorsqu'il m'a fait part du paiement des frais de scolarités des étudiants guinéens qui s'élevaient à 150.000 FCFA pendant que les étudiants sénégalais payent 5000f, évidement j'ai considéré que cela n'était pas à la hauteur de la dimension des relations entre les deux pays. Nous avons décidés de ramener ces droits d'inscriptions au même niveau que ceux des sénégalais... ''

Plus de deux semaines après, à Dakar les étudiants guinéens au Sénégal attendent encore que cette annonce soit concrétisée. Interrogés par La Plume Plus, certains d'entre eux ont trouvé la mesure salutaire. C'est le cas de Millimono Emmanuel qui fait le centre d'études des sciences et techniques de l'information (CESTI).

''C'est évident, cette décision a un grand impact positif sur nos conditions d'étude. Depuis que nous sommes là nous payons 300 milles FCFA par an alors qu'au même moment les sénégalais payent 5 milles. Revoir ces tarifs permettra sans doute aux étudiants guinéens de faire face à d'autres charges parce que nous n'avons pas de logement au campus, pas droit aux restaurants universitaires. Pour un guinéen qui veut vivre au campus sénégalais et avoir accès à la restauration de façon normal, il doit payer 900 mille FCFA dans l'année. C'est une décision très salutaire. Précise Emmanuel.''

Néanmoins, les jeunes guinéens continuent d'attendre une clarté en ce qui concerne l'application de la décision du président Sall. Abdoul Goudoussy Diallo qui fréquente lui aussi le CESTI a quelques réserves '' Le problème est que la mesure tarde à entrer en vigueur. Et les étudiants qui ont commencé les cours risquent de ne pas voir leurs frais d'inscriptions baisser cette année.'' Cette inquiétude est largement partagée par Emmanuel Millimono '' Moi je suis dans un centre de journalisme au sein de l'université de Dakar et nous sommes au totale 7 guinéens. C'est pour le moment le seul institut à avoir démarré les cours parce que les autres facultés ont connu des perturbations qui se sont répercutées sur leur calendrier. Il y a quelques semaines, on nous a fait la notification selon laquelle les frais d'inscription vont encore nous coûter 300 milles FCFA comme d'habitude''

Notre interlocuteur soutient cependant que selon ses sources, la situation pourrait connaitre un déblocage 'Nous avons engagés des démarches auprès de l'ambassade de Guinée au Sénégal pour savoir si la décision prise à Conakry n'est que du vent. Le service chargé des étudiants auprès de l'ambassade nous a fait comprendre qu'il y a eu un retard dans la procédure. Il semblerait que les choses retardent au niveau du ministère des affaires étrangères du Sénégal. C'est ce dernier qui doit signer les papiers qu'il transmettra ensuite au ministère de l'enseignement supérieur, charge à ce dernier d'appliquer la décision. Pour le moment, le ministre des affaires étrangères ne l'a pas fait. ''

Tout-porte à croire que les négociations sont en cours pour que l'annonce faite à Conakry par le président Macky Sall soit enfin une réalité dans les universités sénégalaises. Abdoul Goudoussy Diallo '' L'ambassadeur dit mettre tout en œuvre pour qu'elle soit effective dès cette année. On dit qu'il ne reste que quelques petits réglages administratifs.''

C'est finalement en 2014 que la décision du président sénégalais est entrée en vigueur dans les universités publiques de son pays et les étudiants guinéens qui avaient beaucoup attenus respirent enfin.

Mamadou Samba Sow

Université Gamal Abdel Nasser
Quand l'absence d'internet irrite des étudiants ouest-africains

Créée en 1962, l'université Gamal Abdel Nasser de Conakry est la plus grande institution d'enseignement supérieur de Guinée. Faute d'entretien, l'infrastructure se dégrade et les mutations se font attendre. De passage à Conakry, des étudiants en pharmacie de l'Afrique de l'ouest ont saisi l'occasion pour donner des leçons aux autorités.

Six pays de l'Afrique de l'Ouest se sont retrouvés dans la capitale guinéenne du 8 au 16 décembre 2012. Le Bénin, le Burkina Faso, la Côte d'Ivoire, le Mali, le Sénégal et le Togo se sont donné rendez-vous à Conakry pour la 9eme conférence de la fédération des étudiants en médecine de l'Afrique de l'Ouest (FESPAO). En tout, ils étaient près de 500 jeunes à prendre part à cette rencontre. Des participants qui ont été logés au bâtiment dit "Mbalia" spécialement rénové pour la circonstance. Le thème choisi a porté sur la valorisation des plantes médicinales en Afrique.

Les différents participants que nous avons interrogés ont qualifié de formidable et magnifique, la Guinée. Toutes fois, le président sortant de la FESPAO, le béninois Djenontin Elie a souhaité qu'il y ait un engagement politique pour valoriser le système éducatif guinéen. A la question de savoir si on peut faire une comparaison entre l'université Gamal et celles du Sénégal, **Kwassi Ewing**, président de la délégation sénégalaise a voulu jouer à la diplomatie "je ne vais pas faire de comparaison. Nous estimons que les conditions sont acceptables pour étudier ici. Mais certainement on peut faire plus pour que le wifi soit plus accessible. Tout cela permettrait aux étudiants d'être à l'aise pour mener leur recherche. "

Djaha Francis de la Côte d'Ivoire a de son côté été très direct "je trouve que l'université est dans un état de délabrement. Je pense que les autorités ont les moyens de mettre les étudiants à l'aise. Comme on le dit, tout bon gouvernement commence par l'éducation de la jeunesse. Aujourd'hui, à l'université Félix Houphouët Boigny, la connexion internet est accessible." Selon Daniel Dara un autre jeune, venu du Mali, à Bamako, quand on foule le sol de l'université, le wifi est à la portée de tous. C'est quelque chose sur la quelle on ne doit pas discuter, a-t-il lancé.

Kima Wilfrid du Burkina Faso a lui, émis le souhaite de voir l'université Gamal Abdel Nasser de Conakry posséder le wifi. Selon lui, cet outil permet aux étudiants tout d'abord de faire des recherches et également des échanges. D'ailleurs, les membres de la FESPAO en raison de la distance qui les sépare, se retrouvent sur les réseaux sociaux pour débattre des réalités de leur structure. Hormis le manque de connexion internet, Dougnon Godfried du Benin a déploré l'insalubrité au sein de l'université.

L'absence d'internet dans la plus grande université du pays qui a fêté ses 50 ans en 2012, est sans doute une honte nationale. Lors des journées de réflexions sur la réforme de l'enseignement supérieur, Dr Doussou Lancinet Traoré recteur de ladite université a indiqué que cette honte ne va plus tarder à prendre fin. "On a signé tout récemment un partenariat avec une société de la place JBM. Bientôt on aura la connexion wifi sur le campus universitaire de Gamal.

Mamadou Samba Sow

Université de Conakry : Riposte contre Ebola

Alors que le virus hémorragique Ebola fait des ravages en Guinée, depuis le début de l'année, des étudiants se mobilisent pour sensibiliser leurs frères des établissements d'enseignement.

Le CAPS, club des amis pour la promotion de la santé, de la faculté de médecine de l'université Gamal Abdel Nasser de Conakry a mis à la portée des jeunes, un document pour prévenir la propagation de l'épidémie.
Il est intitulé ''Attention à la fièvre Ebola'' et compte six pages et répond à plusieurs questions sur la maladie.

Qu'est ce qu'Ebola ?

On indique que la fièvre est provoquée par un virus ARN du nom d'Ebola. Elle attaque l'Homme et d'autres primates. Le virus en question se transmet principalement par la chauve-souris. Après transmission, Ebola se manifeste par une montée brusque de la température suivie d'une faiblesse intense, des douleurs musculaires, des maux de têtes, de la diarrhée et vomissement... Comment éviter Ebola ?

Le renforcement de l'hygiène est obligatoire. Eviter tout contact avec les animaux (singes, chimpanzés..) morts ou vifs, éviter également le contact avec les personnes infectées.

Les élèves eux ont exprimé leur satisfaction après avoir pris connaissance du contenu du document. Ils disent être mieux outillés pour être à l'abri de toute surprise.
Thierno Abdoul Diallo.

Centre universitaire de Kindia Une université qui se cherche

Située à 136km de Conakry, la ville de Kindia a un centre universitaire, qui comme la plupart des institutions d'enseignement supérieur du pays manque presque de tout. Le CUK a été créé en 2006 et compte à ce jour, selon Dr Cécé Jean Bénomou, directeur général adjoint chargé des études, 3545 étudiants dont 965 filles. L'établissement dispose de 4 facultés à savoir : les sciences sociales, les lettres et langues, les sciences économiques et de gestion ainsi que les sciences.

Dans cet univers, les conditions d'études ne sont pas aisées. De l'avis des étudiants et des responsables, il n'y a ni connexion internet, ni centre informatique, ni bibliothèque digne de nom. Cette situation est vivement dénoncée par les étudiants qui accusent les initiateurs du système LMD (licence, master, doctorat) de n'avoir pas pensé à mettre à la disposition des étudiants, les moyens de recherche. La bibliothèque du centre ne dispose pas de documents qui cadrent avec les cours dispensés, regrette un étudiant.

Mais Alpha Oumar Barry de la L2 biologie, 1er du bac en 2011, reproche à ses amis de ne pas fournir d'efforts pour leur formation. '' Presque chaque étudiant, a internet dans son téléphone, et à 9h, au moment des cours, ils sont sur Facebook. On dit aussi qu'il n'y a pas de livres, mais, le peu qui existe n'est pas consulté...'' Dans ce lot de plaintes, les plus virulents sont les étudiants en anglais. Mademoiselle Bountouraby Camara, se demande à quel professeur d'anglais croire ''ils ont des problèmes de prononciation. Certains nous disent que V=the, d'autres V.'' L'étudiante croit fermement qu'il s'agit d'un enseignement du créole et non l'anglais proprement dit. Le chef du département est accusé de recruter des enseignants qui sont loin d'être à la hauteur.

Toumany Diakité, directeur de programmes du département anglais, dément les informations faisant état de l'enseignement de créole. ''Nos enseignants ne connaissent même pas le créole, comment peuvent-ils l'enseigner ? S'interroge notre interlocuteur.

Autre difficulté et non des moindres, le retard pris dans le payement des bourses d'études appelées pécules. ''Nous sommes endettés, certains de nos camarades n'arrivent plus venir à l'école faute d'argent. Depuis décembre 2013, nous n'avons reçu aucun franc, déclare un étudiant qui invite les parents à ne pas oublier leurs enfants dans ces moments de galère''. Gustave Kolié, qui fait L2 sociologie, déclare que les jeunes n'ayant pas de parents à Kindia et issus de familles pauvres sont obligés de se débrouiller pour survivre. Les étudiantes s'adonnent à la prostitution dans les bars et maquis de la ville des agrumes, poursuit Kolié. D'autres dit-on, louent leurs services aux paysans à l'occasion de travaux champêtres. À Kindia, on parle même de mois de 45 jours en raison du retard de la paye.

Comme un malheur ne vient jamais seul, les professeurs imposent l'achat de brochures même par endettement et les propriétaires de maisons profitent pour provoquer une hausse du prix du loyer étant donné qu'il n'existe pas de cité universitaire.

Pour fixer les prix, on tient compte de la distance entre la maison et l'université, selon des sources dignes de foi. Il y a en outre, la qualité de l'habitat, la présence ou non de toilettes…il y a des chambres de 35 à 100.000fg explique un habitué des lieux. Pour survivre, il faut manger, mais comment le faire sans argent ? , dans certains foyers, il y a une véritable solidarité africaine commente un jeune, on fait de telle sorte qu'on ne sente pas que telle personne n'a pas de moyen, ajoute-t-il.

Toutes fois, à Kindia, existe un code significatif que tout étudiant connait. Il y a par exemple le 001 (pas de manger le matin et à midi, un seul repas le soir), autre système le 110 (manger matin, midi et dormi le ventre vide). Pauvreté quand tu nous tiens !

Le directeur général du centre s'est voulu rassurant sur plusieurs points. Dr Cé Gouanou dit ne pas être au courant du manque de niveau des professeurs d'anglais. Il explique qu'il passe souvent dans les différentes classes interroger les étudiants qui ne font aucune plainte. Il admet cependant, qu'il y a un déficit qui pousse la direction à recourir à des vacataires et missionnaires.

En ce qui concerne le manque de dortoirs, Dr Gouanou soutient que même à Toulouse où il était récemment, ce n'est pas tous les 60 mille étudiants qui sont logés. Pour les pécules, il est catégorique, ça ne dépend ni de l'université, ni du gouvernent, mais des institutions de Bretton woods (NDLR : système financier international) qui oblige le gouvernement à limiter les dépenses publiques. Il va d'ailleurs plus loin, admettant que la Guinée est le seul pays qui paie tous ses étudiants. Parmi les priorités du directeur général du CUK, figure la construction d'infrastructures comme le rectorat, des amphithéâtres, laboratoires…la connexion internet et l'équipement de la bibliothèque.

En poste depuis septembre 2011, Dr Cé Gouanou, affirme avoir à ses actifs, la dotation du CUK en courant électrique d'EDG, électricité de Guinée avec une ligne qui fonctionne 24h/24. Il sollicite de l'État le financement des universités publiques pour les sortir des ténèbres.

Mamadou Samba Sow

Campus France
Calvaire pour l'exil

Les étudiants guinéens ayant l'ambition de poursuivre les études en France se heurtent à d'énormes difficultés, mais ils semblent pourtant se réjouir de continuer leurs études outre atlantique.

L'engouement des étudiants s'explique par le nombre important de jeunes qui postulent pour l'admission auprès des différentes universités françaises. Contrairement aux années précédentes, cette fois-ci on ne passe pas par le bureau de Campus France à Conakry. En cause, la détérioration du climat politique depuis le massacre du 28 septembre dernier. L'enlisement de la situation a occasionné le départ des ressortissants français vivant jusque là en Guinée. Cette représentation prenait soin de suivre les dossiers de la Guinée (Pour la demande d'un visa de long séjour à l'ambassade pour un prix de 70 euros) jusqu'à l'arrivée dans les universités françaises.

Pour cette année donc, les étudiants se sont vue obligés de passer par un autre chemin beaucoup plus compliqué mais moins coûté.

La procédure est subdivisée en deux catégorie selon le choix de l'université en question c'est-à-dire l'inscription en ligne (Internet) et celle postale. Pour la série DAP (niveau première et deuxième année) la procédure se résume comme suit : constitution du dossier de candidature composé de 11 documents d'étude certifiés et légalisés (de la douzième à la classe en cours), remplir un formulaire d'inscription de 13 pages disponible en ligne, le tout accompagné de deux enveloppes format A4 et de trois petites enveloppes dont une timbrée puis deux coupons réponses internationaux pour l'expédition par la poste avant le 31 mars date limite.

Pour la série hors DAP (licence et après licence) la procédure est déterminée par l'université choisie.

Dans la constitution des documents personnels, un autre fait vient s'ajouter à la régularisation du dossier de candidature, c'est le paiement de la légalisation des dossiers à 1000fg la copie. Cette pratique est nouvelle et se fait au niveau du service examens, orientations et concours scolaires. Concernant cet état de fait, le directeur adjoint du service examens a affirmé à La Plume Plus que ce payement relève du normal. La mesure n'a aucun lien avec le nombre croissant de demandeurs de légalisation, a-t-il laissé entendre.

Remplir le formulaire de 13 pages et s'inscrire en ligne sont aussi nécessaire en vue de faciliter l'obtention de l'admission auprès des universités françaises. Le temps presse et un réseau d'informaticiens et autres anciens praticiens du système prêtent son savoir-faire aux étudiants. La prestation commence à partir de 50.000 fg pour chaque catégorie d'inscription qu'elle soit en ligne ou sur le formulaire papier. Un informaticien nous fait savoir qu'il est difficile de donner un chiffre exact sur le nombre d'inscriptions par jour car, il y a assez d'étudiants intéressés.

L'autre problème est celui lié au manque de coupons réponse internationaux qui s'est posé à la poste. Les rares qu'on trouve dans quelques lieux de Kaloum oscillent entre 60.000fg à 100.000fg, le prix officiel lui étant estimé à 25.000fg. Dans une agence de l'office de la poste guinéenne, un employé a laissé entendre que la rupture de stock est due à la faiblesse de la commende que la Guinée a faite du côté de la Suisse.

A cette situation s'ajoute le prix d'un timbre pour une petite enveloppe à 5000fg plus la somme de 15.000fg pour le prix de l'ensemble du colis à expédier. Rencontré à la sortie de la poste, un étudiant ayant terminé ses démarches d'expédition partage sa crainte au niveau de la sécurité des dossiers à expédier. Selon lui, il semblerait qu'il y ait des risques de vol des coupons réponses par les postiers guinéens. Il craint que l'enveloppe ne soit ouverte et vidée ainsi d'une partie de son contenu.

A voir tous ces efforts fournis par les étudiants guinéens avant même l'entrée à l'ambassade, on se demande réellement qu'est-ce qui les incite à vouloir autant poursuivre des études en France ? Face à cela, un étudiant en licence droit privé à Mercure s'explique *"on a constaté que les diplômes internationaux sont les plus respectés. Ceux qui les détiennent gagnent facilement un emploi à leur retour au pays, alors nous aussi on est tenté par cette volonté de réussir''*.

Eh oui, le manque d'une bonne formation ne peut que favoriser la fuite des cerveaux. Comment alors faire pour freiner cette fuite ? Là est la grande question.

Barry Amadou, 2ᵉ année journalisme à Mercure

Culture

Les « étoiles noires » de Lilian Thuram

Invité à la sixième édition des soixante-douze heures du livre en Guinée, l'international français Lilian Thuram a, le 24 avril, présenté son livre : « **Mes étoiles noires. De Lucy à Barack Obama** », au Centre culturel franco-guinéen. Une œuvre de 389 pages qui pose la problématique du racisme, dont l'auteur lui-même en a été victime, en classe en tant qu'élève et dans des stades en tant que footballeur. « Toutes les fois que j'ai demandé aux enfants à quelle occasion ont-ils entendu pour la première fois parler des Noirs, ils m'ont répondu : l'esclavage » se désole Lilian Thuram. L'histoire du peuple noir est plus ancienne et ne se résume pas qu'à cette période sombre de l'humanité : « Si on avait commencé par l'Egypte antique pour conter l'histoire du monde noir, peut-être que cela aurait pu changer les choses » estime l'international français. Puisque tel n'a pas été le cas, celui-ci s'est proposé de relever le défi de réécrire l'Histoire des peuples noirs en partant de ses origines, de l'Egypte antique à nos jours. Pour s'orienter dans sa démarche, Lilian Thuram a choisi « ses étoiles » comme repères. Au nombre de quarante-cinq, la première étoile dans le livre est une femme, Lucy et la dernière, le fils d'immigré et premier président noir des Etats-Unis, Barack Hussein Obama.

« Nous possédons une origine unique. Nous sommes tous des Africains d'origine, nés il y a trois millions d'années, et cela devrait nous inciter à la fraternité ». C'est par cette citation d'Yves Coppens, professeur au Collège de France, confirmant la thèse « Afrique berceau de l'humanité », que Lilian Thuram a commencé : « Pour ouvrir le récit de cette longue marche de la femme et de l'homme noirs, je ne pouvais que commencer par le premier Homme, puisque l'homme est né en Afrique, tous les chercheurs s'accordent sur ce point. Les quatre-vingts milliards d'Homo habilis, erectus, sapiens…qui ont suivi jusqu'aujourd'hui, ont la même origine.

Ainsi, parler des Noirs, c'est parler des femmes et des hommes de toutes les couleurs. Cela rejoint le projet de mon livre » écrit-il. Partant de ce fait, l'auteur trouve qu'il n'y a pas de races : « Il n'y a pas de blanc, de jaune, ou de noir, mais une couleur unique, le marron, qui va du plus clair quand la production de mélanine est faible, au plus foncé quand elle est élevée. La peau est un parasol biologique qui s'ajuste en fonction des UV susceptibles de passer dans notre corps. (…).Si l'on élimine l'enveloppe corporelle d'un être humain et que l'on plonge à l'intérieur de son corps, on est incapable de déterminer son origine. Quelque soit sa couleur, il aura toujours 639 muscles, 5 litres de sang et sera génétiquement semblable aux autres à 99,9 % ».

L'auteur décrit sa première étoile, Lucy « née en Afrique orientale il y a 3 180 000 ans, parce qu'elle représente à nos yeux tous les âges préhistoriques. (…). Cinquante-deux petits os déterminables. Cinquante-deux fragments qui suffiront au déchiffrage et à la compréhension de son existence. Les ayant ajustés, les chercheurs vont dire son âge, sa taille, estimer son poids, supputer sa démarche, ses gestes, sa voix ; décrire son régime alimentaire, sa vie sociale et les circonstances de sa mort ». Yves Coppens, l'un des découvreurs du fossile de Lucy, le 24 novembre 1974, dans les collines éthiopiennes de l'Afar, la définit comme « l'histoire de l'histoire de l'héroïne de l'histoire de l'histoire de l'Homme ».

Après Lucy, l'auteur évoque d'autres étoiles, comme les Pharaons d'Egypte. A Khephren, il en a donné le nom de l'un de ses deux fils pour qu'il « sache, par son nom, que l'histoire des peuples noirs ne se résume pas à l'esclavage » écrit Thuram, tout en s'attardant sur l'un des plus glorieux pharaons noirs, Taharqa (690 à 664 av J.C ». Les Américains noirs Malcolm X et Tupac Amaru Shakur, l'antillais Frantz Fanon, le sud-africain Rolihlahla Nelson Mandela, le sénégalais Cheikh Anta Diop, le malien Cheick Modibo Diarra et le guinéen Addi Bâ sont entre autres « étoiles noires » évoquées par l'international français. « Le résistant qui ne parle pas », c'est ainsi que l'auteur qualifie Addi Bâ (25 décembre 1913 – 18 décembre 1943), cet ancien combattant de la Seconde guerre mondiale aux exploits déjà décrits dans « Le terroriste noir » de Thierno Monembo. On parle d'un parfait « soldat inconnu ! ».

Contrairement à son frère d'armes Félix Eboué dont « les cendres ont été transférées le 20 mai 1949 au Panthéon », Addi Bâ, lui, « reste une étoile noire perdue dans le ciel de France. Pour tout honneur, le Colonel Rives, avec l'accord des Langevins, a donné son nom à une rue de Langeais, en Indre-et-Loire, le 11 mai 1991 » déplore l'auteur de « Mes étoiles noires ». Et de rappeler que Addi Bâ est « né en 1913 près de Conakry (ndlr : Pita), en Guinée.

Arrivé en France, il est engagé comme cuisinier chez un notable de Langeais. En 1939, alors que la guerre est imminente, l'état-major de l'Armée se souvient des forces « indigènes » qui combattirent si courageusement en 14-18. Addi Bâ s'engage.... En avril 1940, Addi Bâ est affecté au 12e régiment de tirailleurs sénégalais. En 1943, après plusieurs exploits, mais aussi des tortures, le maquisard Addi Bâ et l'un de ses amis, Arburger, sont « fusillés sur le plateau de la Vierge, à Epinal » par les Allemands. Ce n'est qu'en 2003 que l'adjudant Bâ a reçu, à titre posthume, « la médaille de la résistance, soixante ans après sa mort ».

La dernière étoile noire de Lilian Thuram est le premier président noir américain. Obama est né d'un couple qui symbolise la victoire contre le racisme. Son père kényan, noir et sa mère, aux origines irlandaises et écossaises était « blanche comme le lait » décrit Obama fils, cité par l'auteur : « Ses parents se marient en 1960. Premier miracle, puisque le mariage mixte est encore considéré comme un crime dans plus de la moitié des États-Unis ». Barack Obama remarque : « Mon père aurait pu périr pendu à un arbre simplement pour avoir osé poser ses yeux sur ma mère ».

Après ses études universitaires, le fils « d'immigré » opte pour la défense des droits civiques, comme sa femme Michelle Robinson : « Leurs personnalités complémentaires donnent une dimension nouvelle à la carrière de Barack Obama » note l'auteur. Élu sénateur de l'État de l'Illinois en 1996 et des Etats-Unis en 2002, le 4 novembre 2008 (victoire de Barack Obama sur John McCain), l'histoire donne raison au magazine *Times* qui, six ans auparavant, avait annoncé Obama comme : « The next president » (« Le prochain président »).

Lilian Thuram reconnaît que quarante-cinq n'épuise pas le nombre « d'étoiles noires » connues ou anonymes qui ont ou scintillent à travers le monde, et que chacun peut poursuivre le décompte. Alors, à vos « étoiles noires » !

Diawo Barry

Les jeunes et la lecture La rupture?

La lecture chez les jeunes au 21eme siècle, c'est bien connu, elle n'est pas très appréciée. L'expansion des loisirs a eu comme conséquence, l'abandon de la lecture par les jeunes surtout dans les grandes villes. L'adage "la lecture nourrie l'âme" est bien connue. C'est pourquoi la lecture est importante pour les jeunes. Un bon enseignement ne commence t-il pas dans les livres à l'école? La lecture est cruciale pour le développement d'un enfant et sa capacité de faire un lien avec le monde qui l'entoure. La lecture, c'est aussi l'avancement de l'avenir.

Sensibiliser les jeunes à la lecture est le rôle des enseignants et des parents. Mais peut être faudrait-il déjà savoir que font les jeunes de leurs livres?

La lecture au détriment des autres loisirs

Le jeune devra souvent choisir entre sa belle console et un bouquin. Le choix ne tardera pas et le livre retrouvera rapidement sa place sur l'étagère souvent poussiéreuse. Les jeunes préfèrent jouer aux jeux-vidéos que de lire un livre.
L'essor des technologies joue un rôle principal dans le désintéressement à la lecture. Maintenant, la plupart des jeunes possèdent des consoles vidéo et autres jeux électroniques.

La lecture reste tout de même encore appréciée par pas mal de jeunes. D'après une étude réalisée en Guinée, 37% des jeunes aiment lire pour leur plaisir. Il est plaisant de savoir qu'au moins, un jeune sur trois aime lire. Bien évidemment, il existe plusieurs types de livres: les mangas, sortes de petits livres japonais qui ont conquis les lecteurs bien assez vite. Les mangas sont destinés à un public large qui va des –12 ans jusqu'au + de 18 ans. Et enfin, viennent les livres proprement dits.

En fonction des genres, les livres ont plus ou moins de succès. Le genre fantastique connait un grand succès. En effet, les jeunes sont passionnés par la magie, les monstres et autres mais malheureusement, souvent se sont encore une fois les jeux-vidéos qui leur ont donné cette attirance à tout ce qui est imaginaire. Le genre horreur, qui est lié au genre fantastique, connait également un vif succès. Viennent ensuite les genres scientifique et romantique.

La plupart des jeunes lisent en Guinée par obligation scolaire. Un jeune utilise quelques fois un livre pour se documenter même si avec internet la recherche est plus facile. L'envie pousse également un jeune à lire, s'il voit un livre portant un titre intéressant, il sera susceptible de le lire.

Il y aussi un grand phénomène qui touche les jeunes en matière de lecture. C'est la lecture par internet. De plus en plus de gens diffusent leurs livres sur la toile. Cela facilite la lecture car il ne faut plus maintenir la page. Plusieurs personnes préfèrent rester devant leur écran et lires. Le principe est simple, il suffit de mettre page par page le livre et le lecteur n'a plus qu'a appuyer sur "page suivante" pour continuer sa lecture. Le système est de plus en répandu d'autant plus qu'il est dès lors possible techniquement de "copier coller" les textes et de les imprimer. Et il semble que l'écran tend à dépasser définitivement le papier.

Par Mohamed Kèba Touré

Le hip hop guinéen vu de France

Extraits du mémoire de maîtrise de Christelle Le Chat (jeune française). « L'Afrique semble crouler sous les problèmes : guerres, massacres, coups d'Etat, crises politiques et sociales, dictatures, maladies, exodes... Et pourtant, là comme ailleurs, des hommes, des femmes luttent pour leur droit et leur dignité, des associations à caractère civique se multiplient, des expériences démocratiques se prolongent, les créateurs, les artistes et les artisans font preuve d'une formidable vitalité, les sociétés de plus en plus urbanisées bougent, se transforment et se projettent avec confiance vers l'avenir. ». Malgré le fait qu'en Guinée (comme en France), le hip hop ne soit pas né dans la rue, mais soit bien dû au transport du modèle US par l'industrie culturelle, les jeunes africains réussissent à s'approprier ce mouvement et à créer un hip hop typiquement africain. L'Afrique ne vivait pas trop cette réalité musicale mais avec les médiats, toute la jeune génération a été prise par le mouvement.

Maintenant, il faut reconnaître que les contextes du développement ne sont pas les mêmes en Afrique. En effet, le hip hop en Afrique comme d'ailleurs en France, retourne à la rue et ce devient important pour son évolution est « ce que je vis ici et maintenant avec d'autres ». Pour les occidentaux, excepté dans les cités (lieu d'ailleurs où s'est développé le mouvement hip hop), la rue n'est qu'en lieu de passage, un lieu de transition pour aller d'un endroit à l'autre, contrairement aux guinéens, pour qui, elle représente leur espace de vie, le lieu où ils passent le plus clair de leur temps. Le mot rue, vient de ruga, la ride ; elle « marque le visage du temps des villes, elle sillonne, mêle, défait, sépare et joint, met en lien, relie ». Les jeunes se l'approprient et en font leur espace, un espace d'échange et de communication où se développe justement le rap.

De la même façon que la rue « marque le visage du temps des villes », ce qui s'y déroule « marque la vibration de la rue ». Ici, il faut comprendre le terme « vibration » comme l'élément qui rassemble. Cette rue en Guinée, constitue, on peut le dire, un ghetto. Le mot « ghetto » est un emprunt à l'Italien du nom d'une petite île de Venise dénommée ghetto « fondrerie », mot dérivé de l'italien ghettare qui signifie « jeter », où les juifs furent assignés à résidence à partir de 1516. Ainsi, en 1536, le « ghetto »désignait en Italie, tout quartier où l'on obligeait les juifs à résider puis aussi par la suite, en 1690, dans certaines villes d'Europe.

Aujourd'hui, le terme de « ghetto » s'applique de façon souvent péjorative, à des zones urbaines surpeuplées, où une minorité ethnique ou culturelle vit à l'écart du reste de la population. En Guinée, le ghetto a une place importante puisque la capitale de ce pays, Conakry, est à elle seule, un énorme ghetto. Les rappeurs guinéens, dans leurs textes, s'adressent donc à cette population qui vit la même réalité qu'eux, au sein des ghettos de la ville et qui représente la majorité de la population. Le hip hop fait son entrée en Guinée au début des années 80, ce pays sortant alors de 26 ans de faillite politique, économique et sociale. L'heure est donc à la recherche de moyens permettant de sortir ses habitants du ghetto. En effet, la vie à Conakry à cette époque se révèle particulièrement difficile. « La population de la ville a été multipliée par dix en 25 ans.

La construction immobilière n'a pas suivi, au contraire. Le problème du logement est donc très aigu. Si vous trouvez un logis, il vous faut ensuite affronter le problème de l'eau et de l'électricité. Car 75% des habitations n'ont pas d'équipement sanitaire moderne : évier, douche, w-c avec chasse d'eau. Les canalisations d'adduction d'eau, les égouts sont détériorés à maints endroits. Les coupures de courant électrique très fréquentes, presque quotidiennes. Bien que le hip hop ait été importé des Amériques, il n'en est pas moins une réaction à une situation de souffrance, à une perte de repères de la jeunesse, à une volonté de s'en sortir et de trouver sa place dans la société. Cela revient à ce que proposait Bambaataa, et le rap avec lui, c'est à dire « de donner un sens à la vie du jeune noir, c'est lui faire comprendre qu'il a une histoire dans laquelle il a sa place, comme les autres. Tous les rappeurs attendent la reconnaissance officielle de leur histoire ». C'est dans ces conditions de vie que le hip hop se développe et connaît une très belle ascension ces dernières années, avec aujourd'hui, plus de 1500 groupes réunis à Conakry.

En effet, le hip hop est une culture urbaine et sur les 8 millions d'habitants peuplant la Guinée, 1,7 millions vit à la capitale ; Le hip hop s'est donc développé massivement à Conakry. « Si raper signifie bien lutter, alors le rap en Guinée est un combat continu. Un combat contre la corruption généralisée, contre le racket permanent, contre la démission des politiques en matière de jeunesse, contre l'analphabétisme, contre un système éducatif délabré et ses corollaires : Chômage, délinquance, drogue, prostitution... »

Par Christelle Le Chat, depuis la France

Les Kpèlè ou Guerzé

Les Kpèlè occupent un vaste territoire impliquant partiellement ou totalement les préfectures de N'zérékoré, Yomou, Lola et Beyla. Ce vaste ensemble se caractérise tout comme Macenta et Guéckédou par la grande forêt atlantique. Les Kpèlè cohabitent avec d'autres peuples auxquels ils sont de plus ou moins apparentés. Ainsi, en parcourant le pays Kpèlè, on remarque l'existence d'une certaine variation ethnolinguistique suivant les localités. On note :
Les Kpèlè qui habitent les préfectures de N'zérékoré, Yomou et le prolongement oriental du territoire libérien.

Les Dyöötanuan qui habitent le nord-est de N'zérékoré vers la préfecture de Beyla et la Côte d'Ivoire. Les Kölögha ou Könögha qui habitent sensiblement la même zone que les Dyöötanuan.

Les Manaa qui habitent le sud et le sud-est et vivent en grande partie au Liberia. Selon certaines thèses linguistiques en particulier : casthelains : « les ancêtres des Guérzé sont les Djallonké qui repoussés par les Peuls quittent le Fouta et émigrent vers le sud-est. Par la suite, fatigués par les exactions des Malinké, leurs turbulents voisins, ils s'enfoncèrent dans la forêt : là, ils trouvèrent des autochtones qu'ils assimilèrent et ainsi se forma la langue Guérzé ou Kpèlè ». Cette thèse recoupe celle de Maurice de la Fosse qui partant des ressemblances linguistiques entre le Sosso et les Kpèlèwo, fait des Kpèlè un rameau des peuples manding et les classe dans la catégorie des Mandenfou (en référence au chiffre 10).

D'après certains auteurs tels que Lyes Personnes, les Kpèlè occupaient vers 1300 la moitié Est de la préfecture de Beyla en contact avec les Sénoufo au nord-est (Odiéné), les Dan (Gio-yakuba) au sud-est et les Manaa au sud (Mano). Les Toma sont aussi dans la moitié ouest de Beyla et au sud de Kankan.

Vers 1700, sous la pression des Malinké venus du nord, les Kpèlè prennent refuge dans la forêt du sud en repoussant les Manaa. Les Loma s'installent sur le haut Makona. A partir de 1800, la situation se stabilise : les Kpèlè occupent l'actuelle préfecture de N'zérékoré, les Loma se maintiennent entre Makona et la Diani.

Sur le plan économique, l'agriculture constitue la principale activité de la société Kpèlè. Elle porte sur de nombreuses cultures mais essentiellement sur la culture du lignage qui demeure la cellule socio-économique la mieux structurée et la plus stable.

L'agriculture Kpèlè comporte des procès masculins, des procès mixtes.

En pays Kpèlè, la production enregistre deux types fondamentaux de coopération. La coopération libre ou Kpön est comparable au Lanyi en pays Soussou et Loma chez les Maninka, elle est basée sur l'entente entre deux ou plusieurs individus de lignage différent.

Les membres de Kpön, sous la direction de leur chef s'organisent pour travailler par un système de rotation dans les champs de tous les membres de l'entente. Le Kpön est une forme de coopération circonstancielle mais, il peut engendrer des groupes de travail permanents.

La coopération obligatoire ou Kèlèku, regroupe toutes les formes de coopération qui réunissent tous les membres de la collectivité dans les travaux d'intérêt collectif (construction d'un pont, d'une case publique, défrichement d'un chantier…) Il faut noter que certains dignitaires et chefs, en raison de leur position sociale peuvent bénéficier du travail de toute la communauté villageoise.
En dehors de l'agriculture, de la pêche et de la chasse, il faut souligner que les Kpèlè sont d'habiles artisans.

Ils se livrent au tissage en saison morte, à la confection des nattes et paniers à la poterie, au travail du fer…

Cet artisanat n'est pas une activité exclusive de quelques membres de la société. Cependant, les pratiques les plus savantes relèvent de quelques spécialistes. C'est le cas par exemple du travail de la forge qui est pratiqué par les Köliyomou. Les forgerons Köliyomou, les grands guerriers KulaKènè et les prêtres traditionnels Dhyoghabla avaient un statut social privilégié.

L'organisation socio-économique de la société Kpèlè repose sur la parenté établie à travers les lignages et les clans sur la base des patronymes et des totems. Par exemple

46

: Honogli est la concession de Honomou. Sur le plan politique, les Kpèlè ou le pays Kpèlè n'a pas connu de forme évoluée de centralisation du pouvoir politique. Toutes fois, la dynamique de l'évolution sociale devait entrainer la formation d'entités socio-économiques plus ou moins vastes. Chaque village est placé sous l'autorité du conseil des anciens dont le chef est élu par les autres membres : c'est le TOWOMU, il est le porte parole des autres peuples de la forêt, les Kpèlè pratiquent bien l'animisme. A ces pratiques religieuses traditionnelles s'ajoutent l'Islam et le christianisme.

Par Moussa Kaba

Fouta-Djallon, le toup-pal ou fête des bœufs en pays peulhs

Les peulhs furent jadis un peuple de pasteurs, un des plus importants d'Afrique où ils sont établis dans la presque totalité. Pour le cas de la Guinée, ils ont fondé entre le XIIIe et XVIIe siècle, un royaume théocratique dans l'ex Djallonkadougou (moitié nord de la Guinée). Le royaume ainsi créé porte le nom de Fouta Djallon (pays des peulhs et des Djallonkés unis dans et par l'islam après plusieurs années d'affrontements sanglants). Cette région fut choisie comme zone d'implantation en raison de ses riches pâturages favorables pour l'élevage. Selon un proverbe : ''la vache est comme le poil douloureux d'une narine.'' Ce qui veut dire que son élevage ne donne pas de repos. Seulement voila, sans la vache, le peulh n'est plus rien. Ce n'est pas seulement une question de subsistance. Mais plutôt de culture.

De métaphysique. Une telle idéologie fait que le peulh use de tout son pouvoir pour assurer la survie de l'espèce bovine qu'il considère comme partie intégrante de sa vie. D'où le Toup-Pal ou la fête des bœufs. L'évènement a lieu chaque année à trois époques différentes : A l'entame et au milieu de la saison sèche, ainsi qu'en début d'hivernage dans tous les villages du Fouta. Les organisateurs passent des messages aux autres contrées pour les inviter à assister à la cérémonie. La cérémonie réunie sur une plaine autour d'un trou spécialement aménagé pour la circonstance : Hommes et bêtes. On y mélange dans le trou : eau, terre légère, sel, lait de vache, matières végétales... l'opération n'est parfois pas aisée y égard à la résistance qu'oppose certains animaux, ce qui obligent les bras valides du village à se saisir d'eux pour leur administrer ce mélange devenu de la boue.

Une fois l'opération terminée, arrive l'heure de la séparation moment très émouvant. Les bêtes regagnent leur monde, la brousse et quant aux hommes, ils rentrent au village pour déguster à leur tour les mets traditionnels à base de maïs savamment préparés par les Rewbhés foulbés (femmes peuhles). Sur l'importance de l'évènement un éleveur affirme : ''il n'y a aucun effet nocif sur la santé des animaux. Il leur procure d'ailleurs une force physique et sanitaire sans égale. Ils sont remarquables rien que par leur forme.'' Face à la disparition de nombre de pratiques traditionnelles chez les peulhs, jugées incompatibles avec l'islam, le Toup-pal reste un des derniers moyens d'expression de la valeur culturelle d'une communauté en profonde mutation.

Sow Mamadou Samba

Arts et traditions Baga (ethnie de la Guinée)

Dès qu'on parle du Bagataï, la tradition orale en matière de culture populaire retient la figure d'un masque aux énormes seins. Un masque tout noir ; NIMBA (Dimba de son nom originel), et désigné par les conservateurs des musées modernes « Déesse de la fécondité du pays Baga ». Ce masque d'une noirceur féerique, parce que oint d'huile noire de palme, qui déshabillé, se trouve dans presque tous les grands musées du monde. Dimba, ainsi de sa case sacrée, s'est vu contraint d'aller s'exiler, d'être exporté dans des musées comme simple objet de contemplation.

Dans une enquête préliminaire sur l'art Baga parue dans la revue « « African Arts » en 1986 (vol XIX No 2), il est souligné qu'avant les recherches sur le terrain, entre avril et septembre 1987, Dr Frederich Lamp, conservateur des arts de l'Afrique, de l'Océanie et des Amériques au musée de Baltimore USA écrivait : ''...le peuple Baga...est parmi les groupes les moins étudiés de l'Afrique bien que son art soit probablement parmi les plus célèbres. L'étude de l'art et de la culture Baga est maintenant d'une priorité évidente...

De la distillation culturelle qui alimente cet art, on pourrait déduire un message clair au sujet de la pensée cosmologique et d'un milieu social menacé de disparition. Où se situerait le Bagataï dont Dimba serait la déesse de la fécondité ? Retranchés dans les côtes guinéennes à une époque qui relève jusqu'alors du domaine de la recherche, les Bagas, selon les traditions orales, sont l'une des plus vieilles communautés à conquérir le littoral guinéen. Les premiers explorateurs européens ne signalèrent –ils pas l'existence de ce peuple de braves riziculteurs sur le littoral entre le XVeme et le XVI siècle ? Et pourtant, Timbo, Labé, Tlmbi, Talansan... les revirent sur les hauteurs des montagnes foutaniennes... Somptoup-Boklintsh Abol, noms ésotériques d'un couple de génies, esprits qui enfantèrent (Côté exotérique) Dimba afin de guider les pas de lointains ancêtres de la « Bagalité » depuis le lointain Kenya d'où ils seraient partis pour l'Ethiopie (Abacha)- Abbisinie, puis au sud du Soudan avant de rejoindre (en passant par le Ghana) le Fouta vers la fin du XIeme et au début du XIIeme siècle.

Selon la tradition initiatique, il semblerait qu'ils partagèrent le Fouta en huit (8) localités régies par des lois légendes avant l'âge de la maturité : le Matchol... Ils seront, un plus tard, en compagnie de leurs proches cousins linguistiques : les

49

Tschappys, Landoumas, Teminés, Nalou… envahis par les Djallonkés et les Soussous ; ce, après la chute du royaume Sosso et la victoire de Soundiata Kéïta- et un peu plus tard encore par les Foulbhés musulmans vers la fin du XVIIeme siècle, au début du XVIIIeme lorsque les Peulhs avaient instauré un Etat théocratique.

Source : Marcellin Bangoura, Metteur en scène. Horoya No 3528 du samedi, 27 octobre 1990

Culture Deux guinéens créent une nouvelle langue

Deux étudiants guinéens Abdourahim Diallo et Mamadou Lamarana Barry viennent d'inventer une nouvelle langue appelée SAMOSE. Elle est composée de 130 mille mots et un alphabet de 16 lettres. Facile à apprendre, SAMOSE existe depuis 6ans. Les promoteurs de Samose expliquent que cette langue s'écrit de la droite ver la gauche. C'est en 10eme année que les 2 jeunes ont eu l'idée de cette création. Diallo et Barry disent avoir constatés avec regret les difficultés des élèves en mathématique à cause selon eux de la complexité de la langue française.

Une dizaine de personnes ont bénéficié d'une formation pour apprendre Samose. Kiamou Kourouma affirme qu'il apprend Samose depuis 2012, il trouve que c'est une langue intéressante et facile. Barry Sanousy, dit être surpris d'entendre la création d'une nouvelle langue. Pour Ibrahima Sory Camara, Samose est l'une des langues les plus organisées et facile à comprendre. Il estime qu'en deux mois de formation, on peut la parler.

La Guinée et ses symboles

Bientôt 60 ans depuis que la Guinée est indépendante. Le pays comme tout autre dispose de ses propres symboles. Les armoiries de la Guinée ont connu leurs formes actuelles en décembre 1993. Le centre desdites armoiries est un blason sur lequel repose un oiseau volant et portant dans son bec, un épi de riz. L'écu est argenté et est doublé à la base, d'une bande à 3 pals : rouge, jaune et vert. Le tout est posé sur un parchemin avec la devise nationale : travail, justice, solidarité. La Guinée c'est également son tricolore. Le drapeau qui est le pavillon national a été adopté le 10 novembre 1958. Il comporte 3 bandes verticales dont le rouge qui symbolise le sang versé pour l'accession du pays à l'indépendance. Le jaune et le vert renvoient au soleil, aux richesses du sol et à la végétation du pays. Pour ce qui est de l'hymne national, il existe depuis 1958 date de l'indépendance de la Guinée.

C'est une vieille mélodie mandingue qui a été chantée pour la première fois en 1904. C'était à l'occasion d'une conférence de notables pour saluer l'arrivée d'Alpha Yaya Diallo, chef du Diwal (province) de Labé. L'hymne de la Guinée a pour nom : Liberté. L'auteur des paroles est un français, Jean Cellier, ancien résistant du mouvement de libération nord. Cet anticolonialiste, franc-maçon a longtemps été professeur de musique à Conakry.

Quant à la musique qui accompagne les paroles de l'hymne guinéen, elle est de Fodéba Kéïta. Il est l'initiateur de l'orchestre ''Les Amazones de Guinée.'' Kéïta Fodéba a été ministre de la défense nationale et de la sécurité. Comme beaucoup de guinéens, il a péri dans la cellule 72 du camp Boiro en 1969.

Recherche menée par Mamadou Samba Sow

Société Kipé
Voyage dans l'univers des prostituées

Considéré comme l'un des endroits les plus chics de la capitale guinéenne, le quartier Kipé est désormais réputé pour sa forte odeur en prostitution. Voyage dans un monde sans pudeur.

Comme les vampires au cinéma, les professionnelles du sexe attendent la tombée de la nuit pour apparaitre sur leur plus beau jour. Elles vendent leurs corps aux plus offrants. A la couchée du soleil, des filles/femmes prennent d'assaut la transversale 2 (T2) qui relie Kipé à Bambéto. Aujourd'hui, elles sont nombreuses à se livrer à la prostitution. Difficile de se faire une idée sur leur nombre. Sur le terrain, le constat est alarmant. Il suffit de marcher le long de cette route pour que votre attention soit attirée par la présence de ces créatures. On les reconnait à travers leurs accoutrements: jupettes, pantalons jeans, collants qui mouillent leurs corps.

Pour ne pas attirer l'attention sur ce qu'elles font, ces prostituées portent des habits presque normaux pour venir à Kipé. Elles arrivent sur les lieux, sacs en main ou avec des plastiques noirs. Ce n'est qu'une fois sur place qu'elles portent leurs tenues indécentes. Pour cela, elles choisissent les endroits les plus obscurs pour se changer. Il arrive que des gardiens de bâtiments haussent souvent le ton pour demander à ces indésirables de quitter par exemple la devanture de la garderie Seydi international ou la petite agence Western union à quelques mètres de l'institut professionnel moderne (IPM). L'âge de ces prostituées varie entre 15 à 35 ans. Cigarette en main (pas pour tout le monde), elles s'arrêtent au bord de la grande route pour siffler les passants dans l'espoir d'avoir des clients. A côté de ces vendeuses qui s'exhibent, il y a cependant d'autres qui préfèrent être plus discrètes. A première vue, difficile de savoir qu'elles pratiquent le plus vieux métier au monde. Elles portent très souvent des pagnes, des basins et agissent de façon un peu timide pour vendre leur chair.

Dans notre enquête, nous avons repérés l'essentiel des différents compartiments du quartier général de ces prostituées. Quand on arrive au centre émetteur en allant vers Bambéto, à gauche, on les repère devant la garderie Seydi international, School Comnet divine, agence Western Union et à la devanture de l'IPM. Mais le plus grand contingent campe à droite juste après l'arrêt bus. Là il y a une ruelle qui mène au siège du haut commissariat des Nations-Unies aux réfugiés (HCR). Juste devant, on rencontre quelques groupuscules de prostituées devant la boite de nuit Hakuna Matata, plus loin devant le restaurant Seven Eleven et à côté de la pharmacie Christine. Comme des chasseurs, la bande de prostituées s'adosse parfois sur des véhicules et attend les passants.

Si c'est votre première fois de passer par là, vous serez étonnés de les entendre siffler. C'est la méthode utilisée par les "timides". Les plus déterminées à tenter leur chance vous interpellent par ces termes: "On peut aller jouer?, viens on va parler!" Plus grave, du côté de la pharmacie située à quelques mètres de Seven Eleven, dans l'obscurité de Conakry, on vous lance "Chéri, tu m'as pas reconnu? On peut aller faire l'amour? A préciser que les langues de travail, ce sont: le Pular, le Soussou, le Maninka, et dans une moindre mesure, un français approximatif.
Nous nous sommes fait passer pour des clients et nous avons côtoyé plusieurs d'entre elles. On y rencontre des grosses qui se tiennent devant Seydi international, des minces, des belles et des laides.

Les prix diffèrent selon les vendeuses et selon la durée de l'acte sexuel. Le prix va de 30 à 60.000 FG. Si après discussions, les deux parties s'entendent, on prend la direction d'un motel. Ils sont nombreux dans le coin et proposent des prix variés en fonction de la qualité de l'infrastructure et du confort des chambres. Une heure c'est entre 20 à 30.000FG. Mais, d'autres établissements proposent même 15.000/h.

Les plus proches sont les plus chers. C'est le cas du motel Palace. Les plus abordables sont situés à quelques mètres des lieux. Lors de nos investigations, nous avons proposés à nos interlocutrices d'aller avec elles dans les motels les plus abordables. Le niet a été catégorique. Elles posent comme condition : la présence d'une moto ou une voiture. Attention ne pensez pas que les 30 ou 60.000 c'est pour une heure comme la chambre. On parle de coup. C'est simple, la durée est fonction du retard de l'éjaculation. Le contrat prend fin dès que l'homme verse. S'il souhaite poursuivre, il va alors remettre la main dans la poche. Mais tout peut être déterminé lors des premières négociations. Vous déterminerez avec votre favorite, le nombre de coups à faire. Interpellés par l'une de ces prostituées, nous sommes allés timidement vers elle. Habillée d'une courte robe, elle entame la discussion. Le premier prix : 60.000FG. Nous émettons aussitôt des réserves et demandons une réduction.

Pour la décourager, nous sollicitons de coucher avec elle à deux. Elle accepte sans réserve. Coincés, on tente alors de se débarrasser d'elle en lui disant que nous deux ne pouvons payer que 30.000FG. Voilà qu'elle entérine l'offre avant d'ajouter : ''Allons au motel !''. Nous cherchons alors à mettre un terme à l'entretien en demandant une pause pour nous permettre de réfléchir. On s'approche d'un vendeur ambulant de café. Entre temps, passe un groupe d'hommes. Elle nous abandonne et cours suivre les mecs dans l'espoir d'avoir un répondant. Peine perdue. Elle revient bredouille et commence à nous attaquer. Nous avons été suffisamment servis en insultes du genre ''Gnangamadi, Baré (chien)...''. Moment de panique lorsqu'elle appelle du renfort et menace de retirer nos téléphones. Heureusement, il n'y aura pas de renfort et notre ''amie'' sera persuadée par le vendeur de café de nous laisser en paix. Elle n'a cependant pas compris le but de notre travail.

De telles scènes se passent quotidiennement dans ce secteur. Un autre jour, nous avons assistés à une altercation. Un jeune a eu le malheur de tomber dans les filets de l'une d'entre elles. Il s'est fait insulter père et mère.

Sur les raisons qui les poussent à se livrer à la prostitution, ces filles/femmes sont toutes unanimes : c'est la pauvreté qui est la cause. Elles sont à la recherche de l'argent facile. La blonde A.B, solide, bien arrêtée nous a ainsi confié qu'elle est dans ce métier depuis le temps du président Conté. Une autre, affirme avoir un fils issu d'un mariage. Mais elle a rompu avec son mari.

Des assoiffés de sexes viennent s'y abreuver. Ils arrivent dans des voitures de luxes, banalisées ou taxis. Fait surprenant pour nous, la rencontre avec KD. Mince, taille moyenne, vêtue d'un pantalon et d'un body, elle est très jeune. Nous l'interceptons juste après une négociation avec un grand monsieur qui a pris soin de garer sa grosse cylindrée devant Seven Eleven. Pressée de rejoindre son client, elle nous demande de prendre son numéro et de la biper. Quelques temps après, elle nous bipe. Ayant déjà quitté les lieux, nous engageons une conversation avec elle. Un rendez-vous est pris pour le lendemain. KD nous dira qu'elle est élève en 10eme année dans un collège de Wanindara. Son père est commerçant. Je suis dans cette situation depuis un mois et j'ai été entrainé par une amie, déclare KD. Elle nous a expliqué qu'elle vient à Kipé seulement lorsqu'elle manque d'argent. Elle y reste jusqu'à minuit. Aucun de ses parents ne serait au courant de son sale travail. Après lui avoir expliqué les dangers qu'elle court, KD à notre demande dit avoir accepté de renoncer à la prostitution. Espérons que la promesse sera tenue.

Excepté KD, toutes les autres nous ont révélé qu'elles sont des couturières. Nous ne savons pas si c'est un mot de passe pour l'ensemble du groupe ou si elles n'ont que la prostitution comme métier. KD est aussi la seule à nous avoir communiqué son numéro de téléphone. Les autres prétendent que leurs appareils sont en panne ou disent ''si tu n'es pas prêt attend une autre fois, chaque jour je suis là.'' Dans cette cité où Satan est roi, l'une des règles c'est de ne pas suivre le client à domicile. Les prostituées ne s'éloignent pas de leur base. La raison, elles craignent pour leur sécurité. L'autre fait c'est que la plupart d'entre elles fument et consomment de l'alcool.

Notons également que lorsque les gendarmes ou policiers passent dans leurs pick-up, c'est le sauve qui peut. Pourtant, de temps à autres, on trouve un pick-up à quelques mètres de l'IPM. Lors de l'altercation que nous avons eue avec une des prostituées, elle nous a clairement dit que si elle nous dépose à la police, nous allons perdre.

Concernant leurs recettes, certaines de ces vendeuses de sexe disent gagner entre 50.000 à 200.000 GNF. Gérants de motels, vendeurs de café, de cigarette et d'alcool tirent leur épingle du jeu grâce à la présence de ces prostituées à Kipé. Pour l'heure, cette pratique qui n'est pourtant pas légalisée se fait au vu et au su de tout le monde. Jusqu'à quand ? Attendons de voir.

Enquête menée par Mouctar Bourwal Bah et Mamadou Samba Sow

Ratoma Centre
Une fille qui fait peur

Une fille qui provoque un incendie autour d'elle. Voila le caractère d'une jeune demoiselle au comportement très étrange.

Au mois de mai dernier, un bâtiment d'un étage prend feu suite à ce que certains qualifient de crise provoquée par une fille. Son nom, Amadou Siré Diallo âgée de 16 ans. L'incendie dont elle est censée provoquer s'est déclenché à l'étage au moment où toute la cour semblait déserte à part des enfants qui jouaient et deux femmes dans des annexes.

Alertés, les présents essayent au tant qu'ils le peuvent d'éteindre le feu. Joint au téléphone, le concessionnaire Diallo Mamadou Sanou fait appel aux sapeurs pompiers qui ont brillé par leur retard et leur manque d'eau. Cet incendie n'aura pas provoqué de perte en vie humaine.

Le père de la pauvre fille, dira que son enfant a une maladie causée par des génies. A chaque fois qu'elle se manifeste, elle est accompagnée par la propagation d'une flamme autour d'elle.

Cette fille a pourtant fait l'objet de nombreux traitements. Mais les choses ne semblent pas évoluer dans le bon sens estime le papa : « nous avons été chez un marabout à Coyah. Sur place, le feu a aussitôt pris les talismans. Finalement, il nous confiera à un autre de Boké. Ce dernier également verra ses biens calcinés».

Ousmane Tigol Camara

Délinquance juvénile à Conakry : Un handicap pour l'avenir de la jeunesse

La délinquance juvénile ronge les jeunes de la capitale guinéenne. De nombreux garçons et filles âgé pour la plupart de 15 ans se sont lancés dans la délinquance qui revêt différentes formes comme la prostitution, la consommation de la drogue, de l'alcool, after school et autres.

D'après commandant Mamadou Alpha Barry, chargé de communication du haut commandement de la gendarmerie nationale, la délinquance juvénile est en hausse à

Conakry. Il affirme que les jeunes sortent tous les jours des maisons familiales au petit matin en tenues en disant aux parents qu'ils partent à l'école. Mais au retour assure l'officier, on les rencontre dans les boites de nuit, les hôtels, motels et plages de la place en train de fumer de la drogue, de la cigarette et à consommer l'alcool. Il y a aussi le phénomène after school (le terme anglais, signifie **après l'école**) qui n'est rien d'autre que des cérémonies de réjouissance organisées chaque jeudi au sein des différentes boites de nuit de la capitale. Une pratique largement rependue dans la commune de Ratoma.

C'est un show où des élèves et étudiants se livrent presque à toutes sortes de folie. Conséquences, ils rentrent à la maison à des heures tardives en faisant croire aux parents qu'ils reviennent de l'école. Chez nos confrères du site guineenews.org, une dame explique que sa fille âgée de 15 ans, revient chaque fois de l'école avec une odeur de cigarette sur ses habits. Pourtant, elle ne fumait pas, raconte-t-elle. Elle confie au site, que c'est un de ses fils qui a avoué que sa fille participait à after school. Cette mère de famille prie les autorités de fermer les boites de nuit au moins pendant la journée.

L'autre triste réalité à laquelle font face les jeunes, c'est la prostitution. Au nom de la recherche de l'argent facile, des filles parfois mineures dont l'âge varie entre 15 à 17ans se lancent dans ce que certains qualifient de plus vieux métier au monde. Dans les rues de Conakry, ces filles s'arrêtent aux bords des routes dans des tenues extravagantes. On les reconnait à travers leurs mèches qui touchent les fesses, leurs talons. Sous l'emprise de l'alcool et de la cigarette, ces prostituées sont prêtes à coucher avec 5 voire 9 personnes au cours d'une seule nuit. Elles rentrent chez avec de fortes sommes d'argent et s'achètent des objets de valeurs et réussissent parfois à entrainer certaines de leurs copines dans ce sale boulot.

À voir tout ce qui se passe, on se rend compte que les familles ne contrôlent plus les jeunes, plus grave, l'État a démissionné laissant place à l'anarchie. Les medias sont occupés à passer des messages qui ne contribuent pas à préserver la culture locale. Si rien n'est fait, le réveil risque d'être tardif et la jeunesse déjà en mal de repère, perdra à jamais les valeurs culturelles qui ont fait la fierté des fondateurs de la nation guinéenne.

Aïssatou Dieng

La Plume Plus réfléchie sur l'Importance et les dangers des réseaux sociaux

L'an 10 de La Plume Plus, a été marqué par une conférence-débat au cours de laquelle, il a largement été question des biens faits et dangers des réseaux sociaux. Les débats ont eu lieu à l'UNISIM, université de Simbaya le 29 mars.

Le conférencier Alimou Sow, prix du meilleur blogueur francophone 2013, a fait savoir à l'auditoire que l'importance des réseaux sociaux est considérable. Ce sont de véritable outils de communication pour les entreprises, institutions, médias, métiers, mais aussi pour les individus. C'est également de parfait moyens de socialisation où l'on crée des contacts.

On les utilise pour s'informer, commenter des événements entre autres, se mettre en valeur et parvenir convenablement à vaincre la timidité.

Dans ces endroits virtuels comme sur Facebook, twitter, Google+ qui sont des réseaux de types généralistes, se noient de bons moyens d'échanges entre par exemple professeurs et étudiants, employeurs et employés…C'est aussi des grands espaces de mobilisation sociale et syndicale.

Avec tous les avantages qu'ils procurent, les réseaux sociaux se présentent comme le paradis entre nos deux mains. Or, ils sont nuisibles et conduisent parfois à des histoires tragiques, bref à la mort ou au règlement de compte.

Les réseaux sociaux entrainent ce qu'on appelle la chronophagie. C'est le fait de passer tout son temps connecté sur internet abandonnant ses autres affaires (leçon, manquer ses devoirs) à cause des personnes qu'on n'a jamais vu. Et puis, les réseaux sociaux, ont un autre inconvénient, celui de ne pas mettre de limite entre sa vie privée, publique et professionnelle.

Cela conduit tout le temps à des harcèlements sexuels (surtout au niveau des filles ou femmes), à des insultes, menaces et provocations. D'autres sont agressées et violées ou pire, le problème tourne à la mort comme dans cette histoire malheureuse d'une jeune fille à Madagascar. La pauvre s'est suicidée après avoir découvert ses photos sur un site pornographique. Pourtant, les images en question avaient été uniquement postées sur Facebook.

À côté de cet état de fait, il y a les arnaqueurs. Ce sont généralement des piqueurs d'argent qui se camouflent derrière des identités volées. Il est très facile de tomber dans leurs pièges quand on n'est pas prudent. Les arnaqueurs ne ciblent pas toujours ceux qui sont nouveaux. Ils envoient des messages frauduleux (phising) à des personnes en se faisant passer pour des responsables de sociétés ou institutions.
A ces moyens d'escroquerie, s'ajoutent le pharming (vol de code bancaire), le chantage à la webcam qui consiste à enregistrer la vidéo de la personne en ligne en vue de l'utiliser à des fins de malhonnêteté.

Ainsi, pour échapper à ces malfaiteurs, Alimou Sow conseille aux utilisateurs des réseaux sociaux, la prudence : préserver son identité, paramétrer son compte, évité d'avoir un mot de passe trop facile à deviner comme azerti, 1, 2,3, le nom de sa mère ou son fils, son ou sa compagne. Le dernier secret révélé par monsieur SOW est que quand une institution ou une personne inconnue vous propose un cadeau ou un emploi, mettez un terme à l'opération dès le moment qu'il vous demandera de l'argent. ''Les institutions ne demandent jamais de l'argent dans une offre d'emploi''

Thierno Abdoul Diallo

Anniversaire du journal La Plume Plus
Une décennie au service de l'école guinéenne!

Nous sommes en 2003, au lycée de Kipé (Ratoma), lorsqu'un groupe d'élèves de la 11e année décide de combler un vide laissé par l'inexistence de tout moyen d'information dans l'univers de l'école guinéenne. C'était-là un grand défi pour des jeunes qui n'avaient que le BEPC (Brevet d'étude du premier cycle) comme plus grand diplôme. Ils étaient aussi (ils le restent encore) financièrement pauvres. Leur seul atout et certainement le plus important, ces jeunes débordaient d'idées novatrices, d'esprit de créativité et étaient courageux et ambitieux.

Alors que leur projet paressait utopique, ces qualités-là ont permis, **le 1er mars 2004**, la parution du premier numéro du premier mensuel d'informations orientées strictement sur l'école guinéenne. Son nom : **La Plume Plus**. Le moment est historique. Des mois auparavant, on n'entendait que le nom du canard résonner dans les classes et l'enceinte du lycée de Kipé, mais à présent on découvre l'œuvre. Ceux qui étaient pessimistes, finissent par accepter la réalité, mais pas sans interrogations. Est-ce vous qui écrivez ça ? Qui vous finance ? Qui vous assiste dans la correction des articles ? Ce n'est qu'un échantillon du tas de questions auxquelles devaient faire face les fondateurs du journal. Il paraît que « l'émotion est nègre…».

Ils n'étaient pas que des rédacteurs, les fondateurs de La Plume Plus assuraient également sa distribution et sa vente dans les écoles, celles qui n'étaient pas dirigées par des prédateurs de la liberté d'expression. Car, rappelons-le, l'œuvre n'avait pas que d'amis dans les rangs des autorités éducatives. Mais la vie est faite aussi d'embuches. On continue d'en faire avec et de jongler pour atteindre notre public cible, les élèves et étudiants. Un défi de plus, à côté du faible pouvoir d'achat et l'absence de la culture de la lecture chez les Guinéens. Entre s'acheter un journal et une miche de pain pendant la récréation, l'élève ou l'étudiant qui a quitté la maison sans déjeuner, n'a pas à tergiverser. Sans compter qu'aujourd'hui, la société est politisée à outrance. Qui veut intéresser un lecteur guinéen, lui parlera de décrets, de manifestations ou de batailles politiques entre Alpha Condé et Cellou Dalein et pire, de la haine ethnique. L'atmosphère est polluée par ce genre d'infos qui ne nous avancent en rien. L'éducation, la formation, la culture, le sport, l'environnement, le civisme et bien d'autres sujets d'importance inestimable sont aux oubliettes.

Le permis de croire

Le terrain était balisé par Mamadou Samba Sow, Siba Toupouvogui (Rédacteur en chef et Directeur de publication) et les autres prédécesseurs, lorsque je me suis finalement décidé en fin 2005, de m'embarquer dans le train de La Plume Plus. Je venais de décrocher avec brio (17e de la République et 1er du lycée de Kipé, option Sciences sociales) mon diplôme de baccalauréat, deuxième partie. Avant, je n'étais pas certain de pouvoir allier les études et l'exercice de ce qui était devenu mon métier de rêve depuis le jour qu'un sage, après m'avoir observé, a révélé à ma mère (que son âme repose en paix) que je ferais un bon journaliste, alors que je n'étais même pas à l'école. Sans savoir est-ce que je suis « un bon journaliste », j'aurais aimé rencontrer aujourd'hui ces deux personnes (le sage et ma mère) pour leur dire qu'informer, c'est maintenant ma profession. C'est l'occasion de dire merci à mes parents de m'avoir, entre autres, amener à l'école, au sage et à La Plume Plus, de m'avoir respectivement permis de rêver et de réaliser mon rêve. J'aurais pu abandonner l'école.

La bonne nouvelle de mon admission au bac m'a trouvé dans ma préfecture, à Pita, où j'étais en vacances. Je me voyais déjà dans une université marocaine, en qualité de boursier d'Etat. C'était sans compter avec la corruption et le favoritisme qui gangrénaient (ce n'est plus le cas ?) l'école guinéenne. Au final, l'Etat ne m'accorda ni une bourse dans une université marocaine et pire, encore moins une place dans celle guinéenne. Je devais digérer mon échec au concours d'accès à l'université, instauré plus pour arnaquer les élèves et leurs parents que pour qualifier le système éducatif guinéen. A la proclamation des résultats, pour la première fois depuis qu'on m'a inscrit à l'école, des larmes coulèrent de mes yeux et me firent sentir l'amertume et la douleur de ce que c'est que reprendre une classe. C'était d'autant plus douloureux que lorsque vous perdiez le concours, vous n'aviez d'autre choix que rester à la maison jusqu'à la prochaine session, bon à préparer le thé et vulnérables aux fléaux et autres vices qui minent vos camarades jeunes.

J'explorai toutes les solutions qui étaient à ma portée. Sans succès. Les DCE (Direction communale de l'éducation), les universités, les particuliers, partout on me dit que l'argent reste la clé qui déverrouille les portes de l'université. A moi dont le tuteur est un enseignant à l'élémentaire, touchant un salaire mensuel qui ne dépassait jamais 150 000 FG, on me demandait de payer entre un million et un million cinq cent francs ! Heureusement, que « la ceinture d'un homme ne se rompe jamais là où une corde est lointaine », nous enseigne un proverbe peuhl. J'avais à portée de main, ma Sorbonne : La Plume Plus.

Le journal me permit de rester dans l'univers de l'école à travers les activités de collecte d'information et de vente des journaux à la parution de chaque numéro. Je n'étais pas le seul rédacteur de La Plume Plus à n'avoir pas eu le concours.

Lorsqu'on rédigeait, on signait au bas de l'article : « X, victime du concours ». Comme pour se plaindre de notre sort. L'année suivante, la signature devenait plus longue : « X, victime du concours et de la sélection ». Personne n'entendit notre cri de cœur.

Bien que le concours d'accès à l'université fut supprimé en 2006 et remplacé par « La sélection », mes camarades et moi ne furent pas sélectionnés cette année encore. Je ne pleurai plus, cependant. Je riais même sous cape quand j'entendais des autorités éducatives, souvent corrompues jusqu'à la moelle, dire qu'on tenait compte de la moyenne du candidat pour le sélectionner. J'attends encore qu'on prouve que mes 13 de moyenne générale étaient en dessous de ce qu'il faut pour être à l'université. Par contre, une autorité de l'éducation surprise par mon rang (17e de la République), m'a demandé ce qui m'empêchait d'entrer à l'université. Je ne pouvais que lui renvoyer la question.

Toute chose a une fin. En 2008, après trois ans de « vie en jachère », des âmes sensibles m'ont permis, moyennant rien, d'entrer à l'Université Général Lansana Conté de Sonfonia et d'en sortir en 2010 avec une Licence en Droit international. Je leur dis, du fond du cœur, merci.

En janvier 2011, au terme d'un an et trois mois de courses, je finis par être accepté comme stagiaire au Lynx, le premier journal satirique et privé de Guinée. Un an après, on finit par m'employer. J'y suis, aujourd'hui encore. Mon unique diplôme en journalisme, l'expérience acquise au journal La Plume Plus, maintenant au groupe de presse Lynx/Lance et ailleurs. Un jour, comme Martin Luther King, j'ai dû rêver... d'être journaliste. Aujourd'hui, comme Barak Obama, je dis : « Oui, nous (jeunes de Guinée) pouvons ». Joyeux anniversaire à tous.

Mamadou Diawo Barry

Actuellement, l'endroit où il faut être est Facebook. Ce réseau social qui a vu jour en 2004 a déclenché un engouement phénoménal. Tout le monde s'y trouve. Jeune ou vieux, tout le monde est allé un jour sur Facebook. Ce site qui permet la communication entre différents groupes socioprofessionnels, un moyen intéressant pour se faire des amis, garder le contact, s'exprimer, partager ses émotions...

La passion pour ce réseau est très grande. On y entre et on avance sans voir le temps passer ; on ne sent pas la faim ; on n'écoute aucun bruit autour de soi. Facebook nous étreint, nous hypnotise, nous avale. C'est en cela qu'il devient dangereux pour ses usagers.

Ces dangers guettent le plus souvent les jeunes car ils sont les plus nombreux et les plus actifs sur ce site. C'est pourquoi ils sont régulièrement victimes d'harcèlement, d'injures, photos obscènes... Plus grave encore, les gens y partagent leur vie privée sans se rendre compte que leur intimité est exposée publiquement.

La passion pour Facebook a également détourné l'attention des élèves et étudiants dans les classes: le professeur ne peut plus jamais prétendre être plus intéressant que le petit diable caché dans le téléphone portable sous le pseudonyme de fils ou fille de Ministre à l'autre bout du monde et qui excite l'appétit. Aujourd'hui, ils sont nombreux en Guinée, de jeunes élèves et étudiants qui consacrent plus de temps sur ce site qu'aux devoirs et révisions. Aussi, aux heures de cours, rencontre-t-on des jeunes connectés avec leurs téléphones. Interrogée, une jeune fille témoigne sous l'anonymat «actuellement, j'ai beaucoup de copains à travers Facebook. Je suis tout le temps connecté même en classe. En toute sincérité je ne suis pas les cours correctement». Diam's sort rarement de son silence. Depuis qu'elle a quitté la scène et la chanson, Mélanie Georgiades préfère rester loin des sollicitations. Elle s'est pourtant exprimée sur sa page Facebook, pour faire taire la rumeur selon laquelle elle était devenue sans-abri.

La rumeur a mis quelques jours à venir à mes oreilles... Il paraîtrait que je dors dans la rue... que j'effectue-je cite - "une descente aux enfers".

Un poème sur l'arche de zoé

Chers lecteurs, votre poète ne laisse rien passer inaperçu. C'est pourquoi j'ai improvisé pour vous un poème intitulé '' Trafiquant'' à l'occasion de ce triste évènement arrivé au Tchad et commandité par des membres de l'arche de Zoé. Cet acte ignoble vient s'ajouter aux inestimables torts causés à ce contient noir depuis longtemps.

Trafiquant
Qui es-tu ?
Trafiquant d'enfants,
Trafiquant d'âmes.
Quel cupide trafiquant,
Qui trafiqua nos bras valides !
Qui es-tu ?
Voleur d'enfants
Voleur d'âmes
Quel cupide voleur,
Qui vola toutes nos richesses !
Qui es-tu ?
Gourmand buveur de sang

Mangeur d'hommes,

Quelle gourmande hyène,

Qui dévora les bébés de l'Afrique !

Que me veux-tu encore ?

Certes mon âme,

Puisque c'est tout ce qui me reste.

Que veux-tu à mon peuple ?

Peut être ses os,

Puisqu'il n'a plus de chair.

Ta cupidité a tout dérobé.

Sincèrement que veux-tu à l'Afrique ?

Elle t'a tout donné :

Ses hommes, t'as volés,

Ses richesses, t'as drainées,

Tous les honneurs elle t'a accordés.

Homme insatiable et cupide,

T'es vraiment ingrat.

Notre contact n'est que regret,

Prêt à tout pour tes intérêts.

Où est ta prétendue dignité,

Dans cette insatiable cupidité.

Que des ambitions égoïstes,

Dans un semblant humanité

Quel humiliant paradoxe !

Pour celui qui se disait hier prêtre,

Pour celui qui s'est fait appeler Dieu,

Pour s'approprier des dons,

Que Dieu nous a offerts.

Celui qui s'attribua tout ce qui

Est bon en faisant le mal.

Rien d'un bon chrétien.

Point de ressemblance avec Dieu.

Aux yeux de l'univers,

Tu n'es qu'un trafiquant

Qui attise le feu des guerres,

Qui crée et entretient les misères ;

Préserve l'Afrique de ta cruauté

Épargne mon continent de ta cupidité

Pour que vivent l'Afrique et son peuple.

Mamadou Diawo Barry

Talent jeune, Mohamed Kefing Kaba, un guinéen dans l'armée US

Mohamed Kefing Kaba, est un jeune d'origine guinéenne. Dans sa génération, il est l'un des rares à avoir connu une ascension aussi fulgurante. En 2006, il s'installe aux USA et 4 ans après, il intégré l'armée américaine. Actuellement, il est sergent.

Dans l'armée US, Mohamed Kefing Kaba, a fait 2 tours en Afghanistan. Il a reçu plusieurs distinctions dont entre autres le titre du meilleur soldat de son bataillon en 2013, des médailles pour sa loyauté, sa dévotion et son professionnalisme. Il s'est illustré plusieurs fois lors d'activités physiques et éducatives.

En ce moment, Kaba fais un master en relations internationales et travaille sur un projet de reforme de l'armée guinéenne. ''Je le soumettrai bientôt aux autorités si elles sont intéressées bien sûr, affirme le soldat guinéo-américain.'' Mohamed Kefing Kaba, est né le 3 janvier 1979 à Conakry. Il est marié depuis 2008 et a 2 enfants Mohamed et Hawa (5 et 2 ans). Le jeune Kaba a fais ses études primaires à Hamdallaye à l'école ''La bonne mère'' et ''Amilcar Cabral'', au secondaire il a fréquenté ''La fontaine'' et ''Victor Hugo''. Kaba fait les sciences sociales au lycée.

En 1998, Kaba Mohamed Kefing fait le concours d'entrée à l'université et part suivre les cours en 1ere année à l'université de Kankan en sciences sociales. Quelques temps après, il revient à Conakry et s'inscrit à Kofi Annan. En 2001, Kefing est accepté à l'université Pierre Mendes France de Grenoble 2. Là, le jeune s'inscrit en droit jusqu'en 2003. Ensuite, il continue en Masters 1 et 2 à l'université Lumières de Lyon 2 en droit des activités de l'entreprise. Mohamed profite de ses vacances en Guinée pour finir ses 3eme et 4eme années de droit des affaires à Kofi Annan. Il conclu en soutenant un mémoire sur le thème de la sécurité juridique de l'investissement privé dans l'espace OHADA ''Exemple spécifique de la Guinée''.

www.ingramcontent.com/pod-product-compliance
Lightning Source LLC
Chambersburg PA
CBHW060407030726
47497CB00003B/874